# A Moreninha

Joaquim Manuel de Macedo

Equipe DCL – Difusão Cultural do Livro
DIRETOR EDITORIAL: Raul Maia
ILUSTRAÇÃO DA CAPA: João Lin

Equipe Eureka Soluções Pedagógicas
COMENTÁRIOS E GLOSSÁRIO: Pamella E. Brandão Inacio
REVISÃO DE TEXTOS: Dienis Mel

**Texto conforme o Novo Acordo Ortográfico da Língua Portuguesa**

**Dados Internacionais de Catalogação na Publicação (CIP)**
**(Câmara Brasileira do Livro, SP, Brasil)**

Macedo, Joaquim Manuel de, 1820-1882.
A Moreninha / Joaquim Manuel de Macedo ; [ilustração João Lin]. -- São Paulo : DCL, 2012. -- (Coleção grandes nomes da literatura)

ISBN 978-85-368-1528-2

1. Romance brasileiro I. Lin, João. II. Título. III. Série.

12-08847 CDD-869.93

Índices para catálogo sistemático:

1. Romances : Literatura brasileira 869.93

Impresso na Índia

Editora DCL – Difusão Cultural do Livro
Av. Marquês de São Vicente, 1619 – 26º andar – Conj. 2612
Barra Funda – São Paulo – SP – 01139-003
Tel.: (0xx11) 3932-5222
www.editoradcl.com.br

# SUMÁRIO

# APRESENTAÇÃO

### Um romancista atemporal

Tudo começa quando quatro amigos e alunos do mesmo curso de Medicina estão reunidos conversando sobre as suas respectivas experiências e modos de ser quando o assunto é o amor. Augusto, o mais galanteador e namorador desapegado, diz ser um homem fiel a todas as mulheres, pois nunca se apaixona, mas também não as engana. Felipe, outro estudante, convida Augusto e os outros dois amigos, Fabrício e Leopoldo, a passarem o fim de semana na casa de sua avó D. Ana; é nesse momento que Augusto é posto a prova. Por ele garantir aos seus colegas ser incapaz de amar uma mulher por mais de três dias, eles o desafiam e fazem uma aposta: no fim de semana da viagem, Augusto irá conhecer e se envolver sentimentalmente com uma das moças que irão conhecer por lá, apenas uma, por, no mínimo; quinze dias. Se Augusto perder a aposta, terá de escrever um livro, um romance no qual contará a história do seu primeiro amor duradouro.

Assim, conhecemos o enredo da obra *A Moreninha*, escrita por Joaquim Manuel de Macedo, que nasceu em Itaboraí, Rio de Janeiro, em 24 de junho de 1820 e faleceu no Rio de Janeiro, em 1882. Também se formou em Medicina, mas nunca chegou a exercer a profissão. A vida de Macedo coincidiu com os anos em que o Brasil vivia sob o regime imperial, inclusive D. Pedro II gostava muito de Macedinho (como era chamado pelos mais íntimos). Contemporâneo da Proclamação da Independência, acompanhou todo o empenho da emancipação política do Brasil, viu as grandes modificações na cidade sede da Corte (Rio de Janeiro), em um salto para a modernização, mas faleceu sete anos antes da Proclamação da República. Esses fatos sociais, políticos, culturais e econômicos formaram a base que o autor precisava para desenvolver e introduzir no país um novo estilo literário, o Romantismo.

Lançado em 1844, a obra de Macedo é considerada o primeiro romance do Brasil. Um ano antes da publicação de *A Moreninha*, Teixeira e Souza havia publicado *O filho do pescador*, considerado o marco da prosa romântica no país. Porém, a obra apresentava uma trama pouco articulada e considerada confusa, logo, não chegou a alcançar grande êxito.

### Um pouco de história

Na primeira metade do século XIX, houve uma alvoroçada inseminação da cultura europeia no Brasil. Aqui, era introduzida a moda, a cultura, os hábitos, as revistas, os perfumes, e com isso, vieram também as ideias renovadoras do Romantismo. Assim, a cidade do Rio de Janeiro era considerada por muitos a Nova Paris, na qual tínhamos uma literatura voltada para as raízes nacionais, expressa em linguagem coloquial e simples, dando certa valorização ao folclore, às tradições e às manifestações individuais.

Com o aumento do número de leitores no país, notava-se o surgimento de uma vida cultural na corte brasileira. Isso se dava com um gradual progresso no crescimento e de desenvolvimento das cidades, principalmente do Rio de Janeiro. Como consequência dessa evolução, foi surgindo na capital do Império vários jornais, trazendo consigo uma novidade chamada *folhetim.* Com um padrão simples na técnica de publicação (e também podemos dizer como uma estratégia de marketing), os jornais acabavam dependendo dessas histórias de leitura rápida e sem compromisso, na qual o enredo, sempre que alcançava um momento culminante, conhecido como *clímax*, era interrompido propositalmente para que pudessem atingir seu público-alvo, ou seja, as mulheres ricas e ociosas da corte. Desse modo, o folhetim modificou em quase tudo as características do romance enquanto gênero literário. Assim, o hábito de comentar o último capítulo do folhetim, de espantar-se com alguma cena, de sofrer com seus heróis e heroínas foi inseminado na cultura popular brasileira, substituindo o romance pelo que hoje chamamos *telenovela.* Tanto *A Moreninha* como outros romances de Macedo – *O Moço Loiro* (1845), *Os Dois Amores* (1848), *Rosa* (1849), *Vicentina* (1853), *O Forasteiro* (1855), *Os Romances da Semana* (1861), entre outros – possuem características que os tornam um romance-folhetim, um gênero narrativo que marcou definitivamente o início do romance brasileiro.

A obra tem a estrutura típica de um romance romântico: o herói supera todos os problemas para, no final, conseguir ficar com seu grande amor. Para conseguir esse efeito, o autor utiliza um recurso literário pouco comum para a época: o uso da metalinguagem. O livro traz não apenas o surgimento do romance (em um contexto romântico amoroso) entre os personagens Augusto e Carolina, mas narra também a história de sua própria criação enquanto romance, como forma literária que se consagrou no Romantismo. Logo, espera-se uma história em prosa que gira em torno dos desdobramentos de um enredo e que envolve certo número de personagens. Há quem diga que na verdade Macedo criou Carolina baseado em sua historia de vida, assim ela foi inspirada em Maria Catarina Sodré, prima-irmã do poeta Álvares de Azevedo, com a qual o autor se casou. Mas, assim como em seu romance, ele teve de enfrentar inúmeros obstáculos para conseguir a mão da amada, após um namoro que durou dez anos.

O protagonista Augusto é um estudante de Medicina muito alegre, inteligente e extremamente namorador. Possuidor de princípios morais sólidos, por ter feito um juramento amoroso no início de sua adolescência, retardou a concretização de seu amor por Carolina. Este impedimento moral acaba desenvolvendo inúmeras situações no enredo, até que, ao final da história, a jovem Carolina é quem revelará a Augusto ser a menina por quem ele jurou amor eterno na adolescência (exaltando o sentimento de amor). Augusto é caracterizado em etapas. No início, seus colegas o descrevem como um rapaz romântico e inconstante; mais tarde, Augusto confessa que sua inconstância é, na verdade uma forma de disfarçar sua fidelidade a um amor não realizado.

A personagem com maior significado para se criar o mito romântico estritamente brasileiro é Carolina. A moça, com um tom de pele leve é conhecida como "moreninha", é simples e não exala sedução como outras heroínas da época. É muito travessa, inteligente, irônica e astuta. O perfil de Carolina traz um nova cara para o mito romântico, que mais tarde reaparecerá na prosa de José de Alencar e na poesia de Gonçalves Dias: o índio brasileiro. D. Carolina tem, portanto, um rastro poético indianista que mostra a preocupação literária do período em criar e valorizar elementos culturais da então jovial nação brasileira.

Macedo afirma que o livro foi escrito em 30 dias, durante suas férias da faculdade. A principal ação da obra ocorre em torno da Ilha de Paquetá, que fica na Baía de Guanabara, no Rio de Janeiro. Conhecida por ser uma ilha paradisíaca, se tornou cenário ideal para o desenvolvimento de uma trama romântica, com casos amorosos, o que revela no autor um olhar voltado para a busca do romantismo na natureza, ou seja, um cenário poético acaba legitimando nossa identidade cultural. É lá que vive D. Ana e sua neta Carolina. Apenas no início e no fim do romance é que podemos presenciar as personagens na cidade do Rio de Janeiro.

Existe também na obra sinais que sintetizam o contexto histórico e social de nossa Literatura romântica. O quarto do estudante faz um paralelo com o Rio de Janeiro que rapidamente ficou sofisticado e urbanizado, com a criação, por exemplo, de inúmeras faculdades, expansão do comércio e da cidade.

O estilo de Joaquim Manuel de Macedo segue uma linguagem rápida, direta e muita viva, o que conduz o leitor diretamente ao centro da ação (exemplo disso é o primeiro capítulo "Aposta imprudente", no qual os diálogos que ocorrem entre os quatro estudantes seguem diretos, rápidos e sem a interferência do narrador onisciente). Ao longo do texto, o narrador limita-se a conduzir o leitor pelos ambientes e pelo interior das personagens, como por exemplo, no Capítulo XIX, "Entremos nos corações", orientando o leitor a acompanhar todas as ações. Macedo também mantém um estilo no qual economiza em seus comentários e em suas descrições. Outra característica evidente é o uso do *flashback*, este é um recurso que ele se utiliza para guiar o leitor pelo enredo sem perder tempo, sabendo o momento certo para dar voz às suas personagens a fim de retardar o fluxo narrativo, exemplo disso, é o Capítulo II, "Fabrício em apuros", no qual o narrador nos reproduz na íntegra a carta de Fabrício a Augusto que, além abusar em sua correspondência do amor romântico, traz informações essenciais que nos guiarão ao longo da história. O mesmo narrador cede quatro capítulos (do VII ao X) para nos mostrar de perto, não só a conversa entre Augusto e D. Ana na gruta, como também o texto da lírica balada cantada por Carolina. Neste momento notamos claramente que o romance incorpora outros gêneros literários, como a poesia lírica.

A construção das heroínas de Macedo foge à regra dos super-heróis míticos que eram tradição no Romantismo, mas, nem por isso deixam de ser seres de extremo encanto. Os homens possuem um caráter conservador, muita coragem, fidelidade e honestidade. As jovens heroínas possuem ar de entidades sobre-humanas, idealizadas, quase divindades, seguindo, neste sentido, os padrões femininos valorizados pelo Romantismo.

Por fim, podemos dizer que Joaquim Manuel de Macedo, foi um homem com ideias novas, mas fidelíssimas ao seu tempo. E hoje, ao analisarmos sua obra percebemos a sua importância em ser um pelo ponto de vista sociológico, documento dos modos de sentir e viver de uma época, além de nos deixar claro seu momento literário. Suas histórias ainda hoje nos prende a atenção; e a travessa e simpática Carolina também nos faz reler *A Moreninha*, sendo esse um mérito que o nosso espalhafatoso autor atemporal conseguiu ao escrever esse envolvente romance urbano, tornando-se popular entre os leitores brasileiros, e preparando o terreno, ainda no século XIX, para autores como José de Alencar e Machado de Assis.

A construção das heroínas de Macedo foge à regra dos super-heróis míticos que encontramos no Romantismo, mas, nem por isso, deixam de ser seres de extremo encanto. Os homens possuem um caráter conservador, e uma coragem, fidelidade e honestidade. As jovens, sim, possuem ar de entidades sobre-humanas, idealizadas, quase divindades, seguindo neste sentido os padrões femininos valorizados pelo Romantismo.

Por fim, podemos dizer que Joaquim Manuel de Macedo foi um homem com idéias novas, mas fidelíssimas ao seu tempo. E hoje, ao analisarmos sua obra, percebemos a sua importância em ser um pelo ponto de vista sociológico, documento dos modos de ser e viver de uma época, além de nos deixar clara seu momento literário. Suas histórias ainda hoje nos prende a atenção, e a travessa e simpática Carolina também nos faz, pela *A Moreninha*. Sendo esse um mérito que o nosso autor alcançou, pois conseguiu ao escrever esse envolvente romance urbano, tornando-se popular entre os leitores brasileiros, e preparando o terreno, ainda no século XIX, para autores como José de Alencar e Machado de Assis.

# Duas palavras

Eis aí vão algumas páginas escritas, às quais me atrevi a dar o nome de romance[1]. Não foi ele movido por nenhuma dessas três poderosas inspirações que tantas vezes soem aparar as penas dos autores: glória, amor e interesse. Desse último estou eu bem a coberto com[2] meus vinte e três anos de idade, que não é na juventude que pode ele dirigir o homem; da glória, só se andasse ela caída de suas alturas, rojando[3] asas quebradas, me lembraria eu, tão pela terra que rastejo, de pretender ir apanhá-la. A respeito do amor não falemos, pois se me estivesse o buliçoso[4] a fazer cócegas no coração, bem sabia eu que mais proveitoso me seria gastar meia dúzia de semanas aprendendo numa sala de dança, do que velar trinta noites[5] garatujando[6] o que por aí vai. Este pequeno romance deve sua existência somente aos dias de desenfado[7] e folga que passei no belo Itaboraí[8], durante as férias do ano passado. Longe do bulício[9] da corte e quase em ócio, a minha imaginação assentou lá consigo que bom ensejo era esse de fazer travessuras e em resultado delas saiu a Moreninha.

Dir-me-ão que o ser a minha imaginação traquinas não é um motivo plausível para vir eu maçar[10] a paciência dos leitores com uma composição balda[11] de merecimento e cheia de irregularidades e defeitos; mas que querem? Quem escreve olha a sua obra como seu filho, e todo o mundo sabe que o pai acha sempre graças e bondades na querida prole.

Do que vem dito concluir-se-á que a Moreninha é minha filha: exatamente assim penso eu. Pode ser que me acusem por não tê-la conservado debaixo de minhas vistas por mais tempo, para corrigir suas imperfeições; esse era o meu primeiro intento. A Moreninha não é a única filha que possuo[12]: tem três irmãos que pretendo educar com esmero[13]; o mesmo faria

1. "(...) às quais me atrevi a dar o nome de romance (...)" – nota-se a presença de um narrador/autor em primeira pessoa, o qual mantém uma proximidade muito grande com o leitor durante toda a obra, uma característica do romance indianista moderno. Joaquim Manuel de Macedo foi dos percussores desse estilo neste período literário.
2. bem a coberto com – locução prepositiva que significa *a salvo, protegido, livre de.*
3. rojando – rastejando, arrastando.
4. buliçoso – que nunca está quieto, agitado.
5. trinta noites – alusão ao período em que se passa a história, ou seja, 30 dias.
6. garatujando – rabiscando, escrevendo o que vem a ser lido.
7. desenfado – distração, sossego de espírito, pausa para o descanso.
8. Itaboraí – município brasileiro que fica no Rio de Janeiro.
9. bulício – grande movimentação de pessoas, motim, inquietação.
10. maçar – importunar.
11. balda – ausência de; sem merecimento; algo inútil; sem obrigação.
12. "A Moreninha não é a única filha que possuo (...)" – observamos novamente um narrador/autor muito próximo não apenas de seus leitores, mas também de sua criação. Ele traz essa característica intimista durante todo o livro, considerando seus personagens principais como filhos. Note que a "A Moreninha", sempre que comentada por ele, trará características de uma heroína moderna.
13. esmero – máxima perfeição, cuidado extremo.

a ela; porém, esta menina saiu tão travessa, tão impertinente, que não pude mais sofrê-la no seu berço de carteira[14] e, para ver-me livre dela, venho depositá-la nas mãos do público, de cuja benignidade e paciência tenho ouvido grandes elogios.

Eu, pois, conto que, não esquecendo a fama antiga, o público a receba e lhe perdoe seus senões[15], maus modos e leviandades[16]. É uma criança que terá, quando muito, seis meses de idade; merece a compaixão que por ela imploro; mas, se lhe notarem graves defeitos de educação, que provenham da ignorância do pai, rogo que não os deixem passar por alto; acusem-nos, que daí tirarei eu muito proveito, criando e educando melhor os irmãozinhos que a Moreninha tem cá.

E tu, filha minha, vai com a bênção paterna e queira o céu que ditosa sejas. Nem por seres traquinas te estimo menos; e, como prova, vou, em despedida, dar-te um precioso conselho: – recebe, filha, com gratidão, a crítica do homem instruído; não chores se com a unha marcarem o lugar em que tiveres mais notável senão, e quando te disserem que por este erro ou aquela falta não és boa menina, jamais te arrepies, antes agradece e anima-te sempre com as palavras do velho poeta:

*"Deixa-te repreender de quem bem te ama,*
*Que, ou te aproveita ou quer aproveitar-te."*

---

14. berço de carteira – expressão popular que significa *não deter mais alguém em suas origens, em sua terra natal.*
15. senões – plural da palavra "senão" que significa *de outro modo; aliás.*
16. leviandades – falta de prudência, falta de pensar e inconstância.

# I

# Aposta imprudente

Bravo! exclamou Filipe, entrando e despindo a casaca, que pendurou em um cabide velho. Bravo!... interessante cena! mas certo que desonrosa[17] fora para casa de um estudante de Medicina e já no sexto ano, a não valer-lhe o adágio[18] antigo: – o hábito não faz o monge[19].

– Temos discurso!... atenção!... ordem!... gritaram a um tempo[20] três vozes.

– Coisa célebre! acrescentou Leopoldo. Filipe sempre se torna orador depois do jantar...

– E dá-lhe para fazer epigramas[21], disse Fabrício.

– Naturalmente, acudiu Leopoldo, que, por dono da casa, maior quinhão[22] houvera no cumprimento do recém-chegado; naturalmente. Bocage[23], quando tomava carraspana[24], descompunha os médicos.

– *C'est trop fort!*[25] bocejou Augusto, espreguiçando-se no canapé[26] em que se achava deitado.

– Como quiserem, continuou Filipe, pondo-se em hábitos menores; mas, por minha vida, que a carraspana de hoje ainda me concede apreciar devidamente aqui o meu amigo Fabrício, que talvez acaba de chegar de alguma visita diplomática, vestido com esmero e alinho, porém, tendo a cabeça encapuzada com a vermelha e velha carapuça[27] do Leopoldo; este, ali escondido dentro do seu *robe de chambre*[28] cor de burro quando foge, e sentado em uma cadeira tão desconjuntada[29] que, para não cair com ela, põe em ação todas as leis de equilíbrio, que estudou em *Pouillet*[30]; acolá, enfim, o meu romântico

17. desonrosa – sem honra.
18. adágio – espécie de provérbio que recorda o que é usual, com andamento, sequência.
19. "o hábito não faz o monge" – dito popular que significa "não devemos julgar as pessoas pela aparência".
20. a um tempo – ao mesmo tempo.
21. epigramas – poesia curta e satírica.
22. quinhão – parte que cabe a cada um na partilha de um todo.
23. Bocage – renomado poeta português, famoso por sua obra voltada a defesa do povo e poemas de escárnio.
24. carraspana – bebedeira.
25. *C´est tropo fort!* – É muito forte!
26. canapé – assento longo com braço e encosto.
27. carapuça – cobertura para cabeça geralmente em forma de cone, de lã ou pano.
28. robe de chambre – roupão, também conhecido como robe ou penhoar (vestimenta que usamos em cima de camisolas e pijamas).
29. desconjuntada – toda torta, desengonçada.
30. *Pouillet* – neste trecho, temos uma referência à lei de Pouillet, que é estudada na Física, em que a associação de geradores e de receptores, como por exemplo, o uso do receptor elétrico.

Augusto, em ceroulas[31], com as fraldas à mostra, estirado em um canapé em tão bom uso, que ainda agora mesmo fez com que Leopoldo se lembrasse de Bocage. Oh! V. Sas. tomam café!... Ali o senhor descansa a xícara azul em um pires de porcelana... aquele tem uma chávena[32] com belos lavores dourados[33], mas o pires é cor-de-rosa... aquele outro nem porcelana, nem lavores, nem cores azul ou de rosa, nem xícara... nem pires... aquilo é uma tigela num prato...

– Carraspana!... carraspana!... gritaram os três.

– Ó moleque! prosseguiu Filipe, voltando-se para o corredor, traze-me café, ainda que seja no púcaro[34] em que o coas; pois creio que a não ser a falta de louças, já teu senhor mo teria oferecido.

– Carraspana!... carraspana!...

– Sim, continuou ele, eu vejo que vocês...

– Carraspana!... carraspana!...

– Não sei de nós quem mostra...

– Carraspana!... carraspana!...

Seguiram-se alguns momentos de silêncio; ficaram os quatro estudantes assim a modo de moças quando jogam o siso. Filipe não falava, por conhecer o propósito em que estavam os três de lhe não deixar concluir uma só proposição, e estes, porque esperavam vê-lo abrir a boca para gritar-lhe: carraspana!...

Enfim, foi ainda Filipe o primeiro que falou, exclamando de repente:

– Paz! paz!...

– Ah! já?... disse Leopoldo, que era o mais influído.

– Filipe é como o galego[35], disse um outro: perderia tudo para não guardar silêncio uma hora.

– Está bem, o passado, passado; protesto não falar mais nunca na carapuça, nem nas cadeiras, nem no canapé, nem na louça do Leopoldo... Estão no caso... sim...

– Hein?... olha a carraspana.

– Basta! vamos a negócio mais sério. Onde vão vocês passar o Dia de Sant'Ana?[36]

– Por quê?... Temos patuscada[37]?... acudiu Leopoldo.

– Minha avó chama-se Ana.

– Ergo!...

– Estou habilitado para convidá-los a vir passar a véspera e dia de Sant'Ana conosco na ilha de...

– Eu vou, disse prontamente Leopoldo.

---

31. ceroulas – peça de roupa masculina usada embaixo das calças.
32. chávena – xícara.
33. lavores dourados – feita com detalhes dourados.
34. púcaro – jarro, recipiente para líquidos.
35. galego – neste trecho temos uma referência às pessoas nascidas em Portugal especificamente na Galiza, são consideradas pessoas de baixa renda, sem instrução e agem de forma rude e grosseira.
36. Dia de Sant´Ana – comemorado no dia 26 de julho, é uma festa religiosa que relembra o milagre ocorrido com Ana, que, segundo preceitos católicos, mesmo sendo estéril e já de idade, engravidou por milagre e deu a luz a Maria, mãe de Jesus Cristo. Atualmente, o dia de Sant´Ana é considerado o dia dos avós.
37. patuscada – festa alegre e barulhenta, geralmente entre amigos.

– E dois, acudiu Fabrício.

Augusto só guardou silêncio.

– E tu, Augusto?... perguntou Filipe.

– Eu?... eu não conheço tua avó.

– Ora, sou seu criado; também eu não a conheço, disse Fabrício.

– Nem eu, acrescentou Leopoldo.

– Não conhecem a avó; mas conhecem o neto, disse Filipe.

– E demais, tornou Fabrício, palavra de honra que nenhum de nós tomará o trabalho de lá ir por causa da velha.

– Augusto, minha avó é a velha mais patusca do Rio de Janeiro.

– Sim?... que idade tem?

– Sessenta anos.

– Está fresquinha ainda... Ora... se um de nós a enfeitiça e se faz avô de Filipe!...[38]

– E ela, que possui talvez seus duzentos mil cruzados, não é assim, Filipe? Olha, se é assim, e tua avó se lembrasse de querer casar comigo, disse Fabrício, juro que mais depressa daria o meu "recebo a vós" aos cobres[39] da velha[40], do que a qualquer das nossas "toma-larguras[41]" da moda.

– Por quem são!... deixem minha avó e tratemos da patuscada. Então tu vais, Augusto?

– Não.

– É uma bonita ilha.

– Não duvido.

– Reuniremos uma sociedade pouco numerosa, mas bem escolhida.

– Melhor para vocês.

– No domingo, à noite, teremos um baile.

– Estimo que se divirtam.

– Minhas primas vão.

– Não as conheço.

– São bonitas.

– Que me importa?... Deixe-me. Vocês sabem o meu fraco e caem-me logo com ele: moças!... moças!... Confesso que dou o cavaco por[42] elas, mas as moças me têm posto velho.

– É porque ele não conhece tuas primas, disse Fabrício.

– Ora... o que poderão ser senão demoninhas, como são todas as outras moças bonitas?

38. "Esta fresquinha ainda... Ora... se um dia de nós a enfeitiça e se faz avô de Filipe!..." – note uma característica atípica do romantismo brasileiro, o narrador aqui quebra o paradigma do romance-romântico e respeitoso, para, por meio de brincadeiras e ironias dos rapazes, mostrar que a ousadia e interesses financeiros estão presentes na sociedade, e não apenas uma descrição em que as mulheres são perfeitas.

39. cobres – dinheiro.

40. "recebo a vós, aos cobres da velha" – dizer sim e aceitar um casamento pago por dotes em dinheiro, ou seja, na época moedas de cobre.

41. toma-larguras – é uma expressão regional do nordeste do Brasil. Expressão atribuída ao indivíduo filho de servos que foi criado em um paço, palácio, ou um lugar com pessoas de muito dinheiro.

42. dou o cavaco por – expressão que significa *gostar muito de.*

– Então tuas primas são gentis?... perguntou Leopoldo a Filipe.

– A mais velha, respondeu este, tem dezessete anos, chama-se Joana, tem cabelos negros, belos olhos da mesma cor, e é pálida.

– Hein?... exclamou Augusto, pondo-se de um pulo duas braças longe do canapé onde estava deitado, então ela é pálida?...

– A mais moça tem um ano de menos: loura, de olhos azuis, faces cor-de-rosa... seio de alabastro[43]... dentes...

– Como se chama?

– Joaquina.

– Ai, meus pecados!... disse Augusto.

– Vejam como Augusto já está enternecido[44]...

– Mas, Filipe, tu já me disseste que tinhas uma irmã.

– Sim, é uma moreninha de quatorze anos.

– Moreninha? diabo!... exclamou outra vez Augusto, dando novo pulo.

– Está sabido... Augusto não relaxa a patuscada.

– É que este ano já tenho pagodeado[45] meu *quantum satis*[46], e, assim como vocês, também eu quero andar em dia com alguns senhores com quem nos é muito preciso estar de contas justas no mês de novembro.

– Mas a pálida?... a loura?... a moreninha?...

– Que interessante terceto! exclamou com tom teatral Augusto; que coleção de belos tipos!... uma jovem de dezessete anos, pálida... romântica e, portanto, sublime; uma outra, loura... de olhos azuis... faces cor-de-rosa... e... não sei que mais: enfim, clássica e por isso bela. Por último uma terceira de quatorze anos... moreninha, que, ou seja, romântica ou clássica, prosaica ou poética, ingênua ou misteriosa, há de, por força, ser interessante, travessa e engraçada; e por consequência qualquer das três, ou todas ao mesmo tempo, muito capazes de fazer de minha alma peteca, de meu coração pitorra[47]!... Está tratado... não há remédio... Filipe, vou visitar tua avó. Sim, é melhor passar os dois dias estudando alegremente nesses três interessantes volumes da grande obra da natureza do que gastar as horas, por exemplo, sobre um célebre Velpeau[48], que só ele faz por sua conta e risco mais citações em cada página do que todos os meirinhos[49] reunidos fizeram, fazem e hão de fazer pelo mundo.

– Bela consequência! É raciocínio o teu que faria inveja a um calouro, disse Fabrício.

– Bem raciocinado... não tem dúvida, acudiu Filipe; então, conto contigo, Augusto?

---

43. alabastro – espécie de mármore branco, translúcido pouco duro; neste trecho o narrador nos expõe uma característica não usual para o período, ou seja, uma sexualidade ousada, aflorada, o que caracteriza o romantismo urbano.
44. enternecido – movido à piedade ou compaixão.
45. pagodeado – festejado.
46. *quantum satis* – quanto basta, o suficiente.
47. pitorra – pião pequeno, brinquedo que girava.
48. Velpeau – aqui há uma metonímia, em que a obra do autor é referenciada através do nome dele. Alfred Armand Louis Marie Velpeau foi um cirurgião experiente e renomado por seus conhecimentos de anatomia cirúrgica.
49. meirinhos – atualmente, é o profissional conhecido como *oficial de justiça*.

– Dou-te palavra... e mesmo porque eu devo visitar tua avó.

– Sim... já sei... isso dirás tu a ela.

– Mas vocês não têm reparado que Fabrício tornou-se amuado e pensativo, desde que se falou nas primas de Filipe?...

– Disseram-me que ele anda enrabichado com minha prima Joaninha.

– A pálida?... pois eu já me vou dispondo a fazer meu pé-de-alferes[50] com a loura.

– E tu, Augusto, quererás porventura requestar[51] minha irmã?...

– É possível.

– E de qual gostarás mais, da pálida, da loura ou da moreninha?...

– Creio que gostarei, principalmente, de todas.

– Ei-lo aí com a sua mania.

– Augusto é incorrigível.

– Não, é romântico.

– Nem uma coisa nem outra... é um grandíssimo velhaco.

– Não diz o que sente.

– Não sente o que diz.

– Faz mais do que isso, pois diz o que não sente.

– O que quiserem... Serei incorrigível, romântico ou velhaco, não digo o que sinto não sinto o que digo, ou mesmo digo o que não sinto; sou, enfim, mau e perigoso e vocês inocentes e anjinhos. Todavia, eu a ninguém escondo os sentimentos que ainda há pouco mostrei, e em toda a parte confesso que sou volúvel, inconstante e incapaz de amar três dias um mesmo objeto;[52] verdade seja que nada há mais fácil do que me ouvirem um "eu vos amo", mas também a nenhuma pedi ainda que me desse fé; pelo contrário, digo a todas o como sou e, se, apesar de tal, sua vaidade é tanta que se suponham inesquecíveis, a culpa, certo, que não é minha. Eis o que faço. E vós, meus caros amigos, que blasonais[53] de firmeza de rochedo, vós jurais amor eterno cem vezes por ano a cem diversas belezas... vós sois tanto ou ainda mais inconstantes que eu!... mas entre nós há sempre uma grande diferença: – vós enganais e eu desengano; eu digo a verdade e vós, meus senhores, mentis...

– Está romântico!... está romântico!... exclamaram os três, rindo às gargalhadas.

– A alma que Deus me deu, continuou Augusto, é sensível demais para reter por muito tempo uma mesma impressão. Sou inconstante, mas sou feliz na minha inconstância, porque apaixonando-me tantas vezes, não chego nunca a amar uma vez...

– Oh!... oh!... que horror!... que horror!...

– Sim! esse sentimento que voto às vezes a dez jovens num só dia,

50. pé-de-alferes – namoro.

51. requestar – cortejar, namorar.

52. "(...) e em toda a parte confesso que sou volúvel, inconstante e incapaz de amar três dias o mesmo objeto" – observe uma quebra drástica das características do romance-romântico que antecede o período que o autor viveu. Aqui, além de não existir as "juras eternas" de amor por uma única mulher, o eu-lírico quebra uma corrente de idealização da perfeição, trazendo a mulher pela primeira vez em um romance, como objeto.

53. blasonais – ostentais.

às vezes, numa mesma hora, não é amor, certamente. Por minha vida, interessantes senhores, meus pensamentos nunca têm dama, porque sempre têm damas; eu nunca amei... eu não amo ainda... eu não amarei jamais...

– Ah!... ah!... ah!... e como ele diz aquilo!

– Ou, se querem, precisarei melhor o meu programa sentimental; lá vai: afirmo, meus senhores, que meu pensamento nunca se ocupou, não se ocupa, nem se há de ocupar de uma mesma moça quinze dias.

– E eu afirmo que segunda-feira voltarás da ilha de... loucamente apaixonado de alguma de minhas primas.

– Pode bem suceder que de ambas.

– E que todo o resto do ano letivo passarás pela rua de... duas e três vezes por dia, somente com o fim de vê-la.

– Assevero[54] que não.

– Assevero que sim.

– Quem?... eu?... eu mesmo passar duas e três vezes por dia por uma só rua, por causa de uma moça?... e para quê?... para vê-la lançar-me olhos de ternura, ou sorrir-se brandamente[55] quando eu para ela olhar, e depois fazer-me caretas ao lhe dar as costas?... para que ela chame as vizinhas que lhe devem ajudar a chamar-me tolo, pateta, basbaque[56] e namorador?... Não, minhas belas senhoras da moda! eu vos conheço... amante apaixonado quando vos vejo, esqueço-me de vós duas horas depois de deixar-vos. Fora disto só queimarei o incenso da ironia no altar de vossa vaidade; fingirei obedecer a vossos caprichos e somente zombarei deles. Ah!... muitas vezes, alguma de vós, quando me ouve dizer: "sois encantadora", está dizendo consigo: "ele me adora", enquanto eu digo também comigo: "que vaidosa!"

– Que vaidoso!... te digo eu, exclamou Filipe.

– Ora, esta não é má!... Então vocês querem governar o meu coração?...

– Não; porém, eu torno a afirmar que tu amarás uma de minhas primas todo o tempo que for da vontade dela.

– Que mimos de amor que são as primas deste senhor!...

– Eu te mostrarei.

– Juro que não.

– Aposto que sim.

– Aposto que não.

– Papel e tinta, escreva-se a aposta.

– Mas tu me dás muita vantagem e eu rejeitaria a menor. Tens apenas duas primas; é um número de feiticeiras muito limitado. Não sejam só elas as únicas magas que em teu favor invoques para me encantar. Meus sentimentos ofendem, talvez, a vaidade de todas as belas; todas as belas, pois, tenham o direito de te fazer ganhar a aposta, meu valente campeão do amor constante!

– Como quiseres, mas escreve.

– E quem perder?...

54. assevero – certifico, asseguro que não.
55. brandamente – de forma meiga, suave.
56. basbaque – palerma, bobo.

– Pagarás a todos nós um almoço no Pharoux[57], disse Fabrício.

– Qual almoço! acudiu Leopoldo. Pagará um camarote no primeiro drama novo que representar o nosso João Caetano[58].

– Nem almoço, nem camarote, concluiu Filipe; se perderes, escreverás a história da tua derrota, e se ganhares, escreverei o triunfo da tua inconstância.

– Bem, escrever-se-á um romance, e um de nós dois, o infeliz, será o autor. Augusto escreveu primeira, segunda e terceira vez o termo da aposta, mas depois de longa e vigorosa discussão, em que qualquer dos quatro falou duas vezes sobre a matéria, uma para responder e dez ou doze pela ordem; depois de se oferecerem quinze emendas e vinte artigos aditivos, caiu tudo por grande maioria, e entre bravos, apoiados e aplausos, foi aprovado, salva a redação, o seguinte termo:

"No dia 20 de julho de 18... na sala parlamentar da casa nº... da rua de... sendo testemunhas os estudantes Fabrício e Leopoldo, acordaram Filipe e Augusto, também estudantes, que, se até o dia 20 de agosto do corrente ano o segundo acordante tiver amado a uma só mulher durante quinze dias ou mais, será obrigado a escrever um romance em que tal acontecimento confesse; e, no caso contrário, igual pena sofrerá o primeiro acordante. Sala parlamentar, 20 de julho de 18... Salva a redação."

Como testemunhas: Fabrício e Leopoldo.

Acordantes: Filipe e Augusto.

E eram oito horas da noite quando se levantou a sessão.

# II

# Fabrício em apuros

A cena que se passou teve lugar numa segunda-feira. Já lá se foram quatro dias, hoje é sexta-feira, amanhã será sábado, não um sábado como outro qualquer, mas um sábado véspera de Sant'Ana.

São dez horas da noite. Os sinos tocaram a recolher. Augusto está só, sentado junto de sua mesa, tendo diante de seus olhos seis ou sete livros e papéis, pena e toda essa série de coisas que compõem a mobília do estudante.

57. Pharoux – restaurante no cais Pharoux, no Rio de Janeiro, onde posteriormente foi substituído pelo restaurante Albamar.

58. João Caetano – João Caetano dos Santos foi um importante ator e encenador brasileiro. Hoje encontra-se uma estátua sua de corpo inteiro em frente ao teatro que recebe seu nome, na cidade do Rio de Janeiro.

É inútil descrever o quarto de um estudante. Aí nada se encontra de novo. Ao muito acharão uma estante, onde ele guarda os seus livros, um cabide, onde pendura a casaca, o moringue[59], o castiçal, a cama, uma, até duas canastras[60] de roupa, o chapéu, a bengala e a bacia; a mesa onde escreve e que só apresenta de recomendável a gaveta, cheia de papéis, de cartas de família, de flores e fitinhas misteriosas, é pouco mais ou menos assim o quarto de Augusto.

Agora ele está só. Às sete horas, desse quarto saíram três amigos: Filipe, Leopoldo e Fabrício. Trataram da viagem para a ilha de... no dia seguinte e retiraram-se descontentes, porque Augusto não se quis convencer de que deveria dar um ponto na clínica para ir com eles ao amanhecer. Augusto tinha respondido: Ora vivam! bem basta que eu faça gazeta[61] na aula de partos; não vou senão às dez horas do dia.

E, pois, despediram-se amuados. Fabrício queria ainda demorar-se e mesmo ficar com Augusto, mas Leopoldo e Filipe o levaram consigo, à força. Fabrício fez-se acompanhar do moleque que servia Augusto, porque, dizia ele, tinha um papel de importância a mandar.

Eram dez horas da noite, e nada do moleque. Augusto via-se atormentado pela fome, e Rafael, o seu querido moleque, não aparecia... O bom Rafael, que era ao mesmo tempo o seu cozinheiro, limpa-botas, cabeleireiro, moço de recados e... e tudo mais que as urgências mandavam que ele fosse.

Com justa razão, portanto, estava cuidadoso Augusto, que de momento a momento exclamava:

– Vejam isto!... já tocou a recolher e Rafael está ainda na rua!! Se cai nas unhas de algum beleguim[62], não é, decerto, o Sr. Fabrício quem há de pagar as despesas da Casa de Correção... Pobre do Rafael! que cavaco não dará quando lhe raparem os cabelos!

Mas neste momento ouviu-se tropel[63] na escada... Era Rafael, que trazia uma carta de Fabrício, e que foi aprontar o chá, enquanto Augusto lia a carta. Ei-la aqui:

"Augusto. Demorei o Rafael, porque era longo o que tenho de escrever-te. Melhor seria que eu te falasse, porém, bem viste as impertinências de Filipe e Leopoldo. Felizmente, acabam de deixar-me. Que macistas!... Principio por dizer-te que te vou pedir um favor, do qual dependerá o meu prazer e sossego na ilha de... Conto com a tua amizade, tanto mais que foram os teus princípios que me levaram aos apuros em que ora me vejo. Eis o caso.

Tu sabes, Augusto, que, concordando com algumas de tuas opiniões a respeito de amor, sempre entendi que uma namorada é traste tão essencial ao estudante como o chapéu com que se cobre ou o livro em que estuda. Concordei mesmo algumas vezes em dar batalha a dois e três castelos a um tempo[64]; porém tu não ignoras que a semelhante respeito

59. moringue – o mesmo que moringa, recipiente feito de barro para conservar água fresca.
60. canastra – cesto largo e baixo para guardar roupas.
61. gazeta – faltar à aula.
62. beleguim – policial.
63. tropel – ruído do andar.
64. "concordei mesmo algumas vezes em dar batalha a dois e três castelos a um tempo" – A personagem quis dizer que já envolveu (namorou) com até três moças ao mesmo tempo.

estamos discordes no mais: tu és ultrarromântico[65] e eu ultraclássico. O meu sistema era este[66]:

"1º Não namorar moça de sobrado. Daqui tirava eu dois proveitos, a saber: não pagava o moleque para me levar recados e dava sossegadamente, e à mercê das trevas, meus beijos por entre os postigos das janelas.

"2º Não reqüestar moça endinheirada. Assim eu não ia ao teatro para vê-la, nem aos bailes para com ela dançar, e poupava os meu cobres.

"3º Fingir ciúmes e ficar mal com a namorada em tempo de festas e barracas no campo. E por tal modo livrava-me de pagar doces, festas e outras impertinências.

"Estas eram as bases fundamentais do meu sistema.

"Ora, tu te lembrarás que bradavas contra o meu proceder, como indigno da minha categoria de estudante; e, apesar de me ajudares a comer saborosas empadas, quitutes apimentados e finos doces, com que as belas pagavam por vezes minha assiduidade amantética[67], tu exclamavas: – Fabrício! não convém tais amores ao jovem de letras e de espírito. O estudante deve considerar o amor como um excitante que desperte e ateie as faculdades de sua alma: pode mesmo amar uma moça feia e estúpida, contanto que sua imaginação lha represente bela e espirituosa. Em amor a imaginação é tudo: é ardendo em chamas, é elevado nas asas de seus delírios que o mancebo[68] se faz poeta por amor.

"Eu então te respondia:

"– Mas quando as chamas se apagam e as asas dos delírios se desfazem, o poeta por amor não tem, como eu, nem quitutes nem empadas.

"E tu me tornavas:

"– É porque ainda não experimentaste o que nos prepara o que se chama amor platônico, paixão romântica! Ainda não sentiste como é belo derramar-se a alma toda inteira de um jovem na carta abrasadora que escreve à sua adorada e receber em troca uma alma de moça, derramada toda inteira em suas letras, que tantas mil vezes se beija.

"Ora, esses derramamentos de alma bastante me assustavam, porque eu me lembro que em patologia se trata mui seriamente dos derramamentos.

"Mas tu prosseguias:

"– E depois, como é sublime deitar-se o estudante no solitário leito e ver-se acompanhado pela imagem da bela que lhe vela no pensamento, ou despertar ao momento de ver-se em sonhos sorvendo-lhe[69] nos lábios voluptuosos beijos!

---

65. ultrarromântico – excessivamente romântico; o Ultrarromantismo foi um movimento literário português que aconteceu na segunda metade do século XIX. Se caracterizou por escritores jovens, que levara ao exagero, as normas e ideais preconizadas pelo Romantismo.
66. "O meu sistema era este" – é nítida a quebra com paradigmas do período literário do Romantismo da primeira e segunda fase. Aqui, há uma racionalização do amor, no qual, seguindo as regras matemáticas tudo dará certo. Há um desapego do sofrimento constante pela mulher amada.
67. amantética – próprio de quem ama, do amante, da pessoa apaixonada.
68. mancebo – homem jovem, rapaz.
69. sorver – aperando, devorando;aperando, devorando.

"Ainda estes argumentos me não convenciam suficientemente, porque eu pensava: 1º que essa imagem que vela no pensamento não será a melhor companhia possível para um estudante, principalmente quando ela lhe velasse na véspera de alguma sabatina[70]; 2º porque eu sempre acho muito mais apreciável sorver os beijos voluptuosos por entre os postigos de uma janela, do que sorvê-los em sonhos e acordar com água na boca. Beijos por beijos antes os reais que os sonhados.

"Além disto, no teu sistema nunca se fala em empadas, doces, petiscos, etc.; no meu eles aparecem e tu, apesar de romântico, nunca viraste as costas nem fizeste má cara a esses despojos[71] de minhas batalhas.

"Mas enfim, maldita curiosidade de rapaz!... eu quis experimentar o amor platônico, e dirigindo-me certa noite ao teatro São Pedro de Alcântara[72], disse entre mim: esta noite hei de entabular[73] um namoro romântico.

"Entabulei-o, Sr. Augusto de uma figa!... entabulei-o, e quer saber como?... Saí fora do meu elemento e espichei-me completamente. Estou em apuros.

"Eis o caso:

"Nessa noite fui para o superior; eu ia entabular um namoro romântico, e não podia ser de outro modo. Para ser tudo à romântica, consegui entrar antes de todos; fui o primeiro a sentar-me; ainda o lustre monstro não estava aceso; vi-o descer e subir depois, brilhante de luzes; vi irem-se enchendo os camarotes; finalmente eu, que tinha estado no vácuo, achei-me no mundo: o teatro estava cheio. Consultei com meus botões como devia principiar e concluí que para portar-me romanticamente deveria namorar alguma moça que estivesse na quarta ordem[74]. Levantei os olhos, vi uma que olhava para o meu lado, e então pensei comigo mesmo: seja aquela!... Não sei se é bonita ou feia, mas que importa? Um romântico não cura dessas futilidades. Tirei, pois, da casaca o meu lenço branco, para fingir que enxugava o suor, abanar--me e enfim fazer todas essas macaquices que eu ainda ignorava que estavam condenadas pelo romantismo. Porém, ó infortúnio!... quando de novo olhei para o camarote, a moça se tinha voltado completamente para a tribuna[75]; tossi, tomei tabaco, assoei-me, espirrei e a pequena... nem caso; parecia que o negócio com ela não era. Começou a *ouverture*[76]... nada; levantou-se o pano, ela voltou os olhos para a cena, sem olhar para o meu lado. Representou-se o primeiro ato... Tempo perdido. Veio o pano finalmente abaixo.

"– Agora sim, começará o nosso telégrafo[77] a trabalhar, disse eu comigo mesmo, erguendo-me para tornar-me mais saliente.

---

70. sabatina – Aulas que ocorriam no sábado normalmente para recapitular matérias já estudadas.
71. despojos – armadilhas, presa feita ao inimigo.
72. teatro São Pedro de Alcântara – clássico teatro atualmente encontrado no centro histórico do Rio de Janeiro, foi reformado em dezembro de 1916.
73. entabular – iniciar, começar.
74. quarta ordem – a quarta cabine do camarote no teatro.
75. tribuna – palanque, palco do espetáculo.
76. *ouverture* – abertura.
77. telégrafo – sistema para transmitir mensagens a distância.

"Porém, nova desgraça! Mal me tinha levantado, quando a moça ergueu--se por sua vez e retirou-se para dentro do camarote, sem dizer por que nem por que não.

"– Isto só pelo diabo!... exclamei eu involuntariamente, batendo com o pé com toda a força.

"– O senhor está doido?! disse-me... gemendo e fazendo uma careta horrível, o meu companheiro da esquerda.

"– Não tenho que lhe dar satisfações, respondi-lhe amuado.

"– Tem, sim senhor, retorquiu-me o sujeito, empinando-se.

"– Pois que lhe fiz eu, então? acudi, alterando-me.

"– Acaba de pisar-me, com a maior força, no melhor calo do meu pé direito.

"– Ó senhor... queira perdoar!...

" E dando mil desculpas ao homem, saí para fora do teatro, pensando no meu amor.

"Confesso que deveria ter notado que a minha paixão começava debaixo de maus auspícios[78], mas a minha má fortuna ou, melhor, os teus maus conselhos me empurravam para diante com força de gigante.

"Sem pensar no que fazia, subi para os camarotes e fui dar comigo no corredor da quarta ordem; passei junto do camarote de minhas atenções: era o nº 3 (número simbólico, cabalístico e fatal! repara que em tudo segui o romantismo). A porta estava cerrada; fui ao fim do corredor e voltei de novo: um pensamento esquisito e singular acabava de me brilhar na mente, abracei-me com ele.

"Eu tinha visto junto à porta nº 3 um moleque com todas as aparências de ser belíssimo *cravo-da-índia*[79]. Ora, lembrava-me que nesse camarote a minha querida era a única que se achava vestida de branco e, pois, eu podia muito bem mandar-lhe um recado pelo qual me fizesse conhecido. E, pois, avancei para o moleque.

"Ah! maldito crioulo... estava-lhe o todo dizendo para o que servia!... Pinta na tua imaginação, Augusto, um crioulinho de dezesseis anos[80], todo vestido de branco, com uma cara mais negra e mais lustrosa do que um botim[81] envernizado, tendo dois olhos belos, grandes, vivíssimos e cuja esclerótica[82] era branca como o papel em que te escrevo, com lábios grossos e de nácar[83], ocultando duas ordens de finos e claros dentes, que fariam inveja a uma baiana; dá-lhe a ligeireza, a inquietação e rapidez de movimento de um macaco e terás feito ideia desse diabo de azeviche[84], que se chama Tobias.

78. maus auspícios – sinais ruins.
79. cravo-da-índia – neste trecho a personagem ressalta uma característica física que o leva a crer que o menino nasceu na Índia, ou seja, de onde se originou a iguaria que é conhecida como cravo-da-índia.
80. uma das características mais comuns do Romantismo é a elevada caracterização de seus personagens, seja para exaltar ou, como no caso, para ridicularizar fazendo uma descrição irônica.
81. botim – bota de cano curto para homem.
82. esclerótica – membrana externa, conhecido como "branco do olho".
83. nácar – rosado, lábios cor-de-rosa.
84. azeviche – variedade de carvão muito negro e brilhante.

"Não me foi preciso chamá-lo. Bastou um movimento de olhos para que o Tobias viesse a mim, rindo-se desavergonhadamente. Levei-o para um canto.

"– Tu pertences àquelas senhoras que estão no camarote, a cuja porta te encostavas?... perguntei.

"– Sim, senhor, me respondeu ele, e elas moram na rua de... nº ... ao lado esquerdo de quem vai para cima.

"– E quem são?...

"– São duas filhas de uma senhora viúva, que também aí está, e que se chama a Ilma. Sra. D. Luísa. O meu defunto senhor era negociante e o pai de minha senhora é padre.

"– Como se chama a senhora que está vestida de branco?

"– A Sra. D. Joana... tem dezessete anos e morre por casar[85].

"– Quem te disse isso?...

"– Pelos olhos se conhece quem tem lombrigas, meu senhor!...

"– Como te chamas?

"– Tobias, escravo de meu senhor, crioulo de qualidades, fiel como um cão e vivo como um gato.

"O maldito do crioulo era um clássico a falar português. Eu continuei.

"– Hás de levar um recado à Sra. D. Joana.

"– Pronto, lesto[86] e agudo, respondeu-me o moleque.

"– Pois toma sentido.

"– Não precisa dizer duas vezes.

"– Ouve. Das duas uma: ou poderás falar com ela hoje ou só amanhã...

"– Hoje... agora mesmo. Nestas coisas Tobias não cochila: com licença de meu senhor, eu cá sou doutor nisto; meus parceiros me chamam orelha de cesto, pé de coelho e boca de taramela[87]. Vá dizendo o que quiser que em menos de dez minutos minha senhora sabe tudo; o recado de meu senhor é uma carambola que, batendo no meu ouvido, vai logo bater no da Sra. D. Joaninha.

"– Pois dize-lhe que o moço que se sentar na última cadeira da quarta coluna da superior, que assoar-se com um lenço de seda verde, quando ela para ele olhar, se acha loucamente apaixonado de sua beleza, etc., etc., etc.

"– Sim, senhor, eu já sei o que se diz nessas ocasiões: o discurso fica por minha conta.

"– E amanhã, ao anoitecer, espera-me na porta de tua casa.

"– Pronto, lesto e agudo, repetiu de novo o crioulo.

"– Eu recompensar-te-ei, se fores fiel.

"– Mais pronto, mais lesto e mais agudo!

"– Por agora toma estes cobres.

– Oh, meu senhor! prontíssimo, lestíssimo e agudíssimo.

"Voltei à sala do teatro, não sem admirar a viveza, experiência e talento do maldito crioulo.

85. morre por casar – desejo de se casar logo.
86. lesto – rapidamente, ligeiramente, algo que será feito de prontidão
87. boca de taramela – atualmente conhecido como "boca de tramela", que significa *o fofoqueiro.*

"Ignoro de que meios se serviu o Tobias para executar a sua comissão. O que sei é que antes de começar o segundo ato já eu havia feito o sinal, e então comecei a pôr em ação toda a mímica amantética que me lembrou: o namoro estava entabulado; embora a moça não correspondesse aos sinais do meu telégrafo, concedendo-me apenas amiudados e curiosos olhares, isso era já muito para quem a via pela primeira vez.

"Finalmente, Sr. Augusto dos meus pecados, o negócio adiantou-se, e hoje, tarde me arrependo e não sei como me livro de semelhante entaladela, pois o Tobias não me sai da porta. Já não tenho tempo de exercer o meu classismo; há três meses que não como empadas e, apesar de minhas economias, ando sempre com as algibeiras[88] a tocar matinas. Para maior martírio a minha querida é a Sra. D. Joana, prima de Filipe.

"Para compreenderes bem o quanto sofro, aqui te escrevo alguma das principais exigências da minha amada romântica.[89]

"1º Devo passar por defronte[90] de sua casa duas vezes de manhã e duas de tarde. Aqui vês bem, principia a minha vergonha, pois não há pela vizinhança gordurento caixeirinho[91] que se não ria nas minhas barbas quatro vezes por dia.

"2º Devo escrever-lhe, pelo menos, quatro cartas por semana, em papel bordado, de custo de quarenta centavos a folha. Ora, isto é detestável, porque eu não sei onde vá buscar mais cruzados para comprar papel, nem mais asneiras para lhe escrever.

"3º Devo tratá-la por "minha linda prima" e ela a mim por "querido primo". Daqui concluo que a Sra. D. Joana leu o Faublas[92]. Boa recomendação!...

"4º Devo ir ao teatro sempre que ela for, o que sucede quatro vezes no mês, o mesmo a respeito de bailes. Esta despesa arrasa-me a mesada terrivelmente.

"5º Ao teatro e bailes devo levar no pescoço um lenço ou manta da cor da fita que ela porá em seu vestido ou no cabelo, o que, com antecedência, me é participado. Isto é um despotismo[93] detestável!...

"Finalmente, ela quer governar os meus cabelos, as minhas barbas, a cor dos meus lenços, a minha casaca, a minha bengala, os botins que calço, e, por último, ordenou-me que não fumasse charutos de Havana[94] nem de Manilha[95], porque era isto falta de patriotismo.

"Para bem rematar o quadro das desgraças que me sobrevieram com a tal paixão romântica que me aconselhaste, D. Joana, dir-te-ei, mostra

88. algibeiras – bolsa usada na cintura, geralmente usada para uardar moeda.
89. (...) "algumas das principais exigências da minha amada romântica". – aqui também há uma quebra na figura da mulher, esta se tornou esperta e não apenas passiva no romance, ela estabelece regras que o rapaz deve seguir para que tenha seu amor, também fazendo um jogo matemático com ele.
90. defronte – à frente, na frente.
91. caixeirinho – diminutivo de caixeiro, referente a empregados de comércio como bares, restaurantes e supermercados (estabelecimentos que possuem caixa de recebimento).
92. Faublas – metonímia que faz referência ao protagonista de uma novela de Couvray, do século XVIII, era um herói fictício que tinha um gênio ruim, mas de maneira graciosa e dissimulada.
93. despotismo – aquele que tem poder absoluto, um tirano.
94. Havana – capital de Cuba.
95. Manilha – capital das Filipinas.

amar--me com extremo, e no meio de seus caprichos de menina dá-me provas do mais constante e desvelado[96] amor; mas que importa isso, se eu não posso pagar-lhe com gratidão?... Vocês, com seu romantismo a que me não posso acomodar, a chamariam "pálida". Eu, que sou clássico em corpo e alma e que, portanto, dou às coisas o seu verdadeiro nome, a chamarei sempre "amarela".

"Malditos românticos, que têm crismado[97] tudo e trocado em seu crismar os nomes que melhor exprimem as ideias"[98]!... O que outrora se chamava em bom português, moça feia, os reformadores dizem: menina simpática!... O que numa moça era, antigamente, desenxabimento[99], hoje é ao contrário: sublime languidez[100]!... Já não há mais meninas importunas e vaidosas... As que o foram chamam-se agora espirituosas!... A escola dos românticos reformou tudo isso, em consideração ao belo sexo.

"E eu, apesar dos tratos que dou à minha imaginação, não posso deixar de convencer-me que a minha "linda prima" é, aqui para nós, amarela e feia como uma convalescente de febres perniciosas.[101]

"O que, porém, se torna sobretudo insofrível é o despotismo que exerce sobre mim o brejeiro do Tobias...

"Entende que todos os dias lhe devo dar dinheiro e persegue-me de maneira tal que, para ver-me livre dele, escorrego-lhe, *cum quibus*[102], a despeito da minha má vontade.

"O Tobias está no caso de muitos que, grandes e excelentes parladores[103], são péssimos financeiros na prática. Como eles fazem ao país, faz Tobias comigo, que sempre depois de longo discurso me apresenta um *deficit* e pede--me um crédito suplementar.

"Eis aqui, meu Augusto, o lamentável estado em que me acho. Lembra-te que foram os teus conselhos que me obrigaram a experimentar uma paixão romântica; portanto, não só por amizade, como por dever, conto que me ajudarás no que te vou propor.

"Eu preciso de um pretexto mais ou menos razoável para descartar-me da tal (pálida).

"Ela vai passar conosco dois dias na ilha de... Aí podemos levar a efeito, e com facilidade, o meu plano: ele é de simples compreensão e de fácil execução.

"Tu deverás requestar, principalmente, à minha vista, a tal minha querida. Ainda que ela não te corresponda, persegue-a. Não te custará muito

---

96. desvelado – que possui cuidados.
97. crismado – mudar o nome.
98. "Malditos românticos, que têm crismado tudo e trocado em seu crismar os nomes que melhor exprimem as ideias." – notemos uma crítica real aos ideias do romance-romântico, motivo este porque Manuel de Macedo fez tanto sucesso: por ser um percussor no novo estilo romântico, ele quebrou paradigmas e disse fatos em suas obras que até então seriam considerados ofensas aos padrões da época.
99. desenxabimento – algo sem graça, sem ânimo.
100. languidez – doçura, delicadeza.
101. perniciosas – algo perigoso, ruim, nocivo.
102. *cum quibus* – dinheiro.
103. parladores – crítica.

isso, pois que é o teu costume. Nisto se limita o teu trabalho, e começará então o meu, que é mais importante.

"Ver-me-ás enfadado[104], talvez que te trate com rispidez e que te dirija alguma graça pesada, não farás caso e continuarás com a requesta para diante.

"Eu então irei às nuvens... Desesperado, ciumento e delirante, aproveitarei o primeiro instante em que estiver a sós com D. Joaninha, farei um discurso forte e eloquente contra a inconstância e volubilidade das mulheres. E no meio de meus furores dou-me por despeitado de meus amores com ela e, pulando fora da tal paixão romântica, correrei a apertar-te contra meu peito, como teu amigo e colega de coração – *Fabrício*."

– E esta!... exclamou Augusto, depondo a carta sobre a mesa e sorvendo uma boa pitada de rapé[105] de Lisboa. E esta!...

Acabando de sorver a pitada, o nosso estudante desatou a rir como um doido. Rir-se-ia a noite inteira talvez, se não fosse interrompido pelo Rafael, que o vinha chamar para tomar chá.

# III

# Manhã de sábado

Seriam pouco mais ou menos onze horas da manhã, quando o batelão[106] de Augusto abordou à ilha de... Embarcando às dez horas, ele designou ao seu palinuro[107] o lugar a que se destinava, e deitou-se para ler mais à vontade o Jornal do Comércio. Soprava vento fresco e, muito antes do que supunha, Augusto ergueu-se, ouvindo a voz de Leopoldo que o esperava na praia.

– Bem-vindo sejas, Augusto. Não sabes o que tens perdido...

– Então... muita gente, Leopoldo?...

– Não: pouca, mas escolhida.

No entanto, Augusto pagou, despediu o seu bateleiro, que se foi remando e cantando com os seus companheiros. Leopoldo deu-lhe o braço, e, enquanto por uma bela avenida, orlada de coqueiros, se dirigiam à elegante casa, que lhes ficava a trinta braças do mar, o curioso estudante recém-chegado examinava o lindo quadro que a seus olhos tinha e de que, para não

104. enfadado – rabugento, bravo.
105. rapé – tabaco em pó para cheirar.
106. batelão – grande barca para transporte de passageiros.
107. palinuro – o piloto, guia.

ser prolixo[108], daremos ideia em duas palavras. A ilha de... é tão pitoresca[109] como pequena. A casa da avó de Filipe ocupa exatamente o centro dela. A avenida por onde iam os estudantes a divide em duas metades, das quais a que fica à esquerda de quem desembarca está simetricamente coberta de belos arvoredos, estimáveis, ou pelos frutos de que se carregam, ou pelo aspecto curioso que oferecem. A que fica à mão direita é mais notável ainda; fechada do lado do mar por uma longa fila de rochedos e no interior da ilha por negras grades de ferro está adornada de mil flores, sempre brilhantes e viçosas, graças à eterna primavera desta nossa boa Terra de Santa Cruz[110].[111] De tudo isto se conclui que a avó de Filipe tem no lado direito de sua casa um pomar e do esquerdo um jardim.

E fizemos muito bem em concluir depressa, porque Filipe acaba de receber Augusto com todas as demonstrações de sincero prazer e o faz entrar imediatamente para a sala.

Agora, outras duas palavras sobre a casa: imagine-se uma elegante sala de cinquenta palmos em quadro; aos lados dela dois gabinetes proporcionalmente espaçosos, dos quais um, o do lado esquerdo, pelos aromas que exala, espelhos que brilham, e um não-sei-quê de insinuante, está dizendo que é gabinete de moças. Imagine-se mais, fazendo frente para o mar e em toda a extensão da sala e dos gabinetes, uma varanda terminada em arcos; no interior meia dúzia de quartos, depois uma alegre e longa sala de jantar, com janelas e portas para o pomar e jardim, e ter-se-á feito da casa a ideia que precisamos dar.

Pois bem. Augusto apresentou-se. A sala estava ornada com boa dúzia de jovens interessantes: pareceu ao estudante um jardim cheio de flores ou o céu semeado de estrelas. Verdade seja que, entre esses orgulhos da idade presente, havia também algumas rugosas[112] representantes do tempo passado; porém, isso ainda mais lhe sanciona[113] a propriedade da comparação, porque há muitas rosas murchas nos jardins e estrelas quase obscuras no firmamento.

Filipe apresentou o seu amigo à sua digna avó e a todas as outras pessoas que aí se achavam. Não há remédio senão dizer alguma coisa sobre elas.

A Sra. D. Ana, este o nome da avó de Filipe, é uma senhora de espírito e alguma instrução. Em consideração a seus sessenta anos, ela dispensa tudo

---

108. prolixo – aquele que se estende ao falar, que não consegue ser conciso na fala, que cansa ou entedia.
109. pitoresca – relativo à pintura, aquilo que contribui para uma pintura bem caracterizada.
110. terra de santa cruz – foi o nome dado pelos portugueses ao Brasil, logo que chegaram aqui. Foi denominado Terra de Santa Cruz com o objetivo de refletir sobre o sentido da propagação da fé.
111. "A ilha de... é tão pitoresca (...) à eterna primavera desta nossa Terra de Santa Cruz." – observe mais uma característica romântica. A presença da natureza se faz presente em toda a obra. Os personagens circulam por ambientes como jardins, praias, bosques, tudo regado a muita natureza e encantamento. É a fuga do homem da cidade. Terra de Santa Cruz foi o nome dado pelos portugueses ao Brasil, logo que chegaram aqui. Foi denominado assim com o objetivo de refletir sobre o sentido da propagação da fé.
112. rugoso – que tem rugas; envelhecido.
113. sancionar – admitir; confirmar; dar sanção; ratificar.

quanto se poderia dizer sobre seu físico[114]. Em suma, cheia de bondade e de agrado, ela recebe a todos com o sorriso nos lábios; seu coração se pode talvez dizer o templo da amizade cujo mais nobre altar é exclusivamente consagrado à querida neta, irmã de Filipe; e ainda mais: seu afeto para com essa menina não se limita à doçura da amizade, vai ao ardor da paixão. Perdendo seus pais quando apenas contava oito anos, a inocente criança tinha, assim como Filipe, achado no seio da melhor das avós toda a ternura de sua extremosa mãe.

Ao lado da Sra. D. Ana estavam duas jovens, cujos nomes se adivinharão facilmente: uma é a *pálida*, a outra a *loira*. São as primas de Filipe.

Ambas são bonitinhas, mas, para Augusto, D. Quinquina tem as feições mais regulares; achou-lhe mesmo muita harmonia nos cabelos louros, olhos azuis e faces coradas, confessando, todavia, que as negras madeixas e rosto romântico de D. Joaninha fizeram-lhe uma brecha terrível no coração.

Além destas, algumas outras senhoras aí estavam, valendo bem a pena de se olhar para elas meia hora sem pestanejar. Toda a dificuldade, porém, está em pintar aquela mocinha que acaba de sentar-se pela sexta vez, depois que Augusto entrou na sala: é a irmã de Filipe. Que beija-flor! Há cinco minutos que Augusto entrou e em tão curto espaço já ela sentou-se em diferentes cadeiras, desfolhou[115] um lindo pendão de rosas, derramou no chapéu de Leopoldo mais de duas onças d'água-de-colônia[116] de um vidro que estava sobre um dos aparadores, fez chorar uma criança, deu um beliscão em Filipe e Augusto a surpreendeu fazendo-lhe caretas: travessa, inconsequente e às vezes engraçada; viva, curiosa e em algumas ocasiões impertinentes. O nosso estudante não pode dizer com precisão nem o que ela é, nem o que não é: acha-a estouvada[117], caprichosa e mesmo feia; e pretende tratá-la com seriedade e estudo, para nem desgostar a dona da casa, nem se sujeitar a sofrer as impertinências e travessuras que a todo momento a vê praticar com os outros. Enfim, para acabar de uma vez esta já longa conta das senhoras que se achavam na sala, diremos que aí se notavam também duas velhas amigas da dona da casa: uma, que só se entreteve, se entretém e se há de entreter em admirar a graça e encantos de duas filhas que consigo trouxera; e outra, que pertence ao gênero daquelas que nas sociedades agarram num pobre homem, sentam-no ao pé de si, e, maçando-o duas e três horas com enfadonhas e intermináveis dissertações, finalmente o largam, supondo que lhe têm feito grande honra e dado o maior prazer.

Quanto aos homens... Não vale a pena!... vamos adiante.

Estas observações que aqui vamos oferecendo fez também Augusto consigo

---

114. "Em consideração a seus sessenta anos, ela dispensa tudo quanto se poderia dizer sobre seu físico." – a partir desse momento reiniciará o processo de descrição das características de tudo o que é notado pelo narrador na visão de Augusto. É importante ressaltar que o eu-lírico desse período valoriza sim a beleza física e deixa claro dispensar aquilo que não considera bonito, ou seja, há uma perda da idealização da mulher, como sempre sendo bela e perfeita, assim, notamos um autor com características modernas que se perpetuam até os dias atuais.

115. desfolhar – tirar as pétalas, as folhas.

116. onças d´água-de-colônia – unidade de peso correspondente a 429 gramas.

117. estouvada – inconsequente, imprudente, com insensatez.

mesmo, durante o tempo que gastou em endereçar seus cumprimentos e dizer todas essas coisas muito banais e já muito cediças[118], mas que se dizem sempre de parte a parte, com obrigado sorrir nos lábios e indiferença no coração. Concluída essa verdadeira maçada e reparando que todos tratavam de conversar para melhor passar as horas e esperar as do jantar, ele voltou o rosto com vistas de achar uma cadeira desocupada junto de alguma daquelas moças; porém, ó mofina[119] do pobre estudante!... Ó itempestivo[120] castigo dos seus maiores pecados!... a segunda das duas velhas, de quem há pouco se tratou, estendeu a mão e chamou-o, mostrando com o dedo carregado de anéis um lugar livre junto dela.

Não havia remédio: era preciso sofrer, com olhos enxutos e o prazer na face, o martírio que se lhe oferecia. Augusto sentou-se ao pé da Sra. D. Violante.

Ela lançou-lhe um olhar de bondade e proteção e ele abaixou os olhos, porque os de D. Violante são terrivelmente feios e os do estudante não se podem demorar por muito tempo sobre espelho de tal qualidade.

– Adivinho, disse ela, com certo ar de ironia, que lhe está pesando demais o sacrifício de perder alguns momentos conversando com uma velha.

– Oh minha senhora! respondeu o moço, as palavras de V. Sa. fazem grande injustiça a si própria e a mim também: a mim, porque me faz bem cheio de rudeza e mau gosto; e a si, porque, se um cego as ouvisse, certo que não faria ideia do vigor e da...

– Olhem como ele é lisonjeiro!... exclamou a velha, batendo levemente com o leque no ombro do estudante, e acompanhando esta ação com uma terrível olhadura, e rindo-se com tão particular estudo, que mostrava dois únicos dentes que lhe restavam.

Augusto olhou fixamente para ela e conheceu que na verdade se havia adiantado muito. D. Violante era horrivelmente horrenda, e com sessenta anos de idade apresentava um carão capaz de desmamar a mais emperreada criança.

A conversação continuou por uma boa hora; o aborrecimento, o tédio do estudante chegou a ponto de fazê-lo arrepender-se de ter vindo à ilha[121] de... Três vezes tentou levantar-se, mas D. Violante sempre tinha novas coisas a dizer-lhe. Falou-lhe sobre a sua mocidade... seus pais, seus amores, seu tempo, seu finado marido, sua esterilidade, seus rendimentos, seu papagaio e até suas galinhas. Ah!... falou mais que um deputado da oposição, quando se discute o voto de graças. Finalmente parou um instante, talvez para respirar, e para começar novo ataque de maçada. Augusto quis aproveitar-se da intermitência[122]: Estava desesperado e pela quarta vez ergueu-se.

118. cediço – entediante, velho.
119. mofino – que tem má sorte; infelicidade.
120. itempestivo – algo imprevisto, inoportuno.
121. "A conversação continuou por uma boa hora; o aborrecimento, o tédio do estudante chegou a ponto de fazê-lo arrepender-se de ter vindo à ilha (...)" – aqui temos mais uma característica de ruptura com os ideias do Romantismo de primeira e segunda fase. Há um abandono do individualismo no sentido de trazer os sentimentos, desejos e características humanas para o universalismo, ou seja, o autor nos mostra que esse sentimentos de fúria, raiva, tédio, irritabilidade são comuns a todos, e quebra o ideal de sermos sempre educados e passíveis às aceitações de situações que nos deixam irritados.
122. intermitência – interrupção momentânea.

– Com licença V. Sa.

– Nada! disse a velha, detendo-o e apertando-lhe a mão, eu ainda tenho muito que dizer-lhe.

– Muito que dizer-me?... balbuciou o estudante automaticamente, deixando-se cair sobre a cadeira, como fulminado[123] por um raio.

– O senhor está incomodado?... perguntou D. Violante, com toda a ingenuidade.

– Eu... eu estou às ordens de V. Sa.

– Ah! vê-se que a sua delicadeza iguala à sua bondade, continuou ela com um acento meio açucarado e terno.

– Oh, castigo de meus pecados!... pensou Augusto consigo; querem ver que a velha está namorada de mim? e recuou sua cadeira meio palmo para longe dela.

– Não fuja... prosseguiu D. Violante, arrastando por sua vez a cadeira até encostá-la à do estudante, não fuja... eu quero dizer-lhe coisas que não é preciso que os outros ouçam.

– E então? pensou de novo Augusto, fiz ou não uma galante conquista?... E suava suores frios.

– O senhor está no quinto ano de Medicina?...

– Sim, minha senhora.

– Já cura?

– Não, minha senhora.

– Pois eu desejava referir-lhe certos incômodos que sofro, para que o senhor me dissesse que moléstia padeço e que tratamento me convém.

– Mas... minha senhora... eu ainda não sou médico e só no caso de urgente necessidade me atreveria...

– Eu tenho inteira confiança no senhor; me parece que é o único capaz de acertar com a minha enfermidade[124].

– Mas ali está um estudante do sexto ano...

– Eu quero o senhor e mais ninguém.

– Pois, minha senhora, eu estou pronto para ouvi-la: porém julgo que o tempo e o lugar são pouco oportunos.

– Nada... há de ser agora mesmo.

Ah!... A boa da velha falou e tornou a falar. Eram duas horas da tarde e ela ainda dava conta de todos os seus costumes, de sua vida inteira; enfim, foi uma relação de comemorativos como nunca mais ouvirá o nosso estudante. Às vezes Augusto olhava para seus companheiros e os via alegremente praticando com as belas senhoras que abrilhantavam a sala, enquanto ele se via obrigado a ouvir a mais insuportável de todas as histórias. Daqui e de certos fenômenos que acusava a macista, nasceu-lhe o desejo de tomar uma vingançazinha. Firme neste propósito, esperou com paciência que D. Violante fizesse ponto final bem determinado a esmagá-la com o peso do seu diagnóstico e ainda mais com o tratamento que tencionava prescrever-lhe.

123. fulminado – ferido.

124. enfermidade – designa aquele que está doente, proveniente do enfermo.

Às duas horas e meia a oradora terminou o seu discurso, dizendo:
– Agora quero que, com toda a sinceridade, me diga se conhece a minha enfermidade e o que devo fazer.

– Então V. Sa. dá-me licença para falar com toda a sinceridade?

– Eu o exijo.

– Pois, minha senhora, atendendo tudo quanto ouvi e principalmente a estes últimos incômodos, que tão amiúde[125] sofre, e de que mais se queixa, como *tonteiras, dores no ventre, calafrios, certas dificuldades, esse peso dos lombos etc.*, concluo e todo o mundo médico concluirá comigo, que V. Sa. padece de...

– Diga... não tenha medo.

– Hemorroidas.

D. Violante fez-se vermelha como um pimentão, horrível como a mais horrível das fúrias, encarou o estudante com despeito, e, fixando nele seus tristíssimos olhos furta-cores[126], perguntou:

– O que foi que disse, senhor?...

– Hemorroidas, minha senhora.

Ela soltou uma risada sarcástica.

– V. Sa. quer que lhe prescreva o tratamento conveniente?

– Menino, respondeu com mau humor, tome o meu conselho: outro ofício; o senhor não nasceu para médico.

– Sinto ter desmerecido o agrado de V. Sa. por tão insignificante motivo. Rogo-lhe que me desculpe, mas eu julguei dever dizer o que entendia.

Isto dizendo, o estudante ergueu-se; a velha já não fez o menor movimento para o demorar, e vendo-o deixá-la, disse em tom profético:

– Este não nasceu para Medicina!

Mas Augusto, afastando-se de D. Violante, dava graças ao poder do seu diagnóstico e augurava[127] muito bem de seu futuro médico, pela grande vitória que acabava de alcançar.

– Agora, sim, disse ele com os seus botões, vou recuperar o tempo perdido. E procurava uma cadeira, cuja vizinhança lhe conviesse.

A digna hóspeda[128] compreendeu perfeitamente os desejos do estudante, pois, mostrando-lhe um lugar junto de sua neta, disse:

– Aquela menina o poderá divertir alguns instantes.

– Mas, minha avó, exclamou a menina com prontidão, até o dia de hoje ainda não me supus boneca.

– Menina!...

– Contudo, eu serei bem feliz se puder fazer com que o senhor... o senhor...

– Augusto, minha senhora.

– ... o Sr. Augusto passe junto a mim momentos tão agradáveis, como lhe foram as horas que gozou ao pé da Sra. D. Violante.

125. amiúde – ato que acontece frequentemente.
126. furta-cores – olhos com leve diferença de cor um do outro.
127. augurava – pressagiar, predizer.
128. hóspeda – mulher que dá hospedagem, que recebe hospedes.

Augusto gostou da ironia, e já se dispunha a travar conversação com a menina travessa, quando Fabrício se chegou a ele e disse-lhe:

– Tu me deves dar uma palavra.

– Creio que não é preciso que seja imediatamente.

– Se a Sra. D. Carolina o permitisse, eu estimaria falar-te já.

– Por mim não seja... disse a menina erguendo-se.

– Não, minha senhora, eu o ouvirei mais tarde, acudiu Augusto, querendo retê-la.

– Nada... não quero que o Sr. Fabrício me olhe com maus olhos... Além de que, eu devo ir apressar o jantar, pois leu no seu rosto que a conversação que teve com a Sra. D. Violante, quando mais não desse, ao menos produziu-lhe muito apetite... mesmo um apetite de... de...

– Acabe.

– De estudante.

E mal disse isto, a travessa moreninha correu para fora da sala.

# IV

# Falta de condescendência

Fabrício acaba de cometer um grave erro e que para ele será de más consequências. Quem pede e quer ser servido, deve medir bem o tempo, o lugar e as circunstâncias, e Fabrício não soube conhecer que o tempo, o lugar e as circunstâncias lhe eram completamente desfavoráveis. Vai exigir que Augusto o ajude a forjar cruel cilada contra uma jovem de dezessete anos, cujo único delito é ter sabido amar o ingrato com exagerado extremo. Ora, para conseguir semelhante torpeza[129], preciso seria que Fabrício aproveitasse um momento de loucura, um desses instantes de capricho e de delírio em que Augusto pensasse que ferir a fibra mais sensível e vibrante do coração da mulher, a fibra do amor, não é um crime, não é pelo menos louca e repreensível leviandade[130]; é apenas perdoável e interessante divertimento de rapazes; e nessa hora não podia Augusto raciocinar tão indignamente. Ainda quando não houvesse nele muita generosidade, estava para desarmá-lo o poder indizível da inocência, o poderoso magnetismo de vinte olhos belos como o planeta do dia, a influência cativadora da formosura em botão,

129. torpeza – ato vergonhoso.
130. leviandade – falta de prudência, de pensar, de refletir.

de beleza virgem ainda, de uma anjo, enfim, porque é símbolo de um anjo a virgindade de uma jovem bela.

Mas Fabrício olvidou[131] tudo, e mal, sem dúvida, terá de sair de seu empenho com tantas contrariedades; o tempo não lhe é propício, porque Augusto começa a sentir todos os sintomas de apetite devorador. Ora, um rapaz, e principalmente um estudante com fome, se aborrece de tudo, principalmente do que lhe cheira a maçada. O lugar não menos lhe era desfavorável, porque, diante de um ranchinho de belas moças, quem poderá tramar contra o sossego delas?... Então Augusto, dos tais que por semelhante povo são como formiga por açúcar, macaco por banana, criança por campainha... e ele tem razão! Por último, as circunstâncias também contrariavam Fabrício, pois a Sra. D. Violante havia tido o poder de esgotar toda a elástica paciência do pobre estudante, que não acharia nem mais uma só dose homeopática desse tão necessário confortativo para despender com o novo macista.

Fabrício tomou, pois, o braço de Augusto e ambos saíram da sala: este com vivos sinais de impaciência, e o primeiro com ares de quem ia tratar importante negócio.

A inocente D. Joaninha os acompanhou com os olhos e riu-se brandamente, encontrando os de Fabrício, que teve ainda bastante audácia para fingir um sorriso de gratidão.

Eles se dirigiram ao gabinete do lado direito da sala, o qual fora destinado para os homens; e entrando, fechou Fabrício a porta sobre si, para se achar em toda a liberdade. Enfim, estavam sós. Voltados um para o outro, guardaram alguns momentos de silêncio. Foi Augusto que teve de rompê-lo.

– Então, ficamos a jogar o siso?

– Espero a tua resposta, disse Fabrício.

– Ainda me não perguntaste nada, respondeu o outro.

– A minha carta?...

– Eu a li, sim... tive a paciência de lê-la toda.

– E então?...

– Então o quê, homem?...

– A resposta?...

– Aquilo não tem resposta.

– Ora, deixa-te disso; vamos mangar[132] com a moça.

– Tu estás doido, Fabrício?

– Por tua culpa, Augusto.

[133]– Pois então cuidas que o amor de uma senhora deve ser peteca com que se divirtam dois estudantes?...

– Quem é que te fala em peteca?... Pelo contrário, o que eu quero é desgrudar-me do fatal contrabando.

– Não; apesar teu, deves respeitar e cultivar nobre sentimento que te liga a D. Joaninha. Que se diria do teu procedimento, se depois de trazeres uma

131. olvidar – esquecer-se de algo, perder a memória.
132. mangar – brincar; fingir serenidade; mentir por brincadeira.
133. desta fala em diante, nota-se uma mudança psicológica do personagem.

moça toda cheia de amor e fé na tua constância, por espaço de três meses, a desprezasses sem a menor aparência de razão, sem a mais pequena desculpa?...

– Então tu, com o teu sistema de...

– Eu desengano: previno a todas que minhas paixões têm apenas horas de vida, e tu, como os outros, juras amor eterno.

– Estou desconhecendo-te, Augusto. Sempre te achei com juízo e bom conceito e agora temo muito que estejas com princípios de alienação mental. Explica-me, por quem és, que súbito acesso de moralidade é esse que tanto te perturba.

– Isso, Fabrício, chama-se inspiração de bons costumes.

– Bravo! bravo! foi muito bem respondido, mas, palavra de honra, que tenho dó te ti! Vejo que em matéria da natureza de que tratamos estás tão atrasado como eu em fazer sonetos[134]. Apesar de todo o teu romantismo ou, talvez, principalmente por causa dele, não vês o que se passa a duas polegadas do nariz. Pois meu amigo, quero te dizer: a teoria do amor do nosso tempo aplaude e aconselha o meu procedimento; tu verás que eu estou na regra, porque as moças têm ultimamente tomado por mote[135] de todos os seus apaixonados extremos, ternos afetos e gratos requebros[136], estes três infinitos de verbos: iscar, pescar e casar. Ora, bem vês que, para contrabalançar tão parlamentares e viciosas disposições, nós, os rapazes, não podíamos deixar de inscrever por divisa em nossos escudos os infinitos destes três outros verbos: fingir, rir e fugir. Portanto, segue-se que estou encadernado nos axiomas[137] da ciência.

– Com efeito!... Não te supunha tão adiantado!

– Pois que duvida? Para viver-se vida boa e livre é preciso andar com o olho aberto e pé ligeiro. Então as tais sujeitinhas que, com a facilidade e indústria com que a aranha prende a mosca na teia, são capazes de tecer de repente, com os olhares, sorrisos, palavrinhas doces, suspiros a tempo, medeixes[138] aproximando-se, zelos afetados e arrufos[139] com sal e pimenta, uma armadilha tão emaranhada que, se o papagaio é tolo e não voa logo, mete por força o pé no laço e adeus minhas encomendas, fica de gaiola para todo o resto de seus dias... E, portanto, meu Augusto, deixa-te de insípidos[140] escrúpulos e ajuda-me a sair dos apuros em que me vejo.

– Torno a dizer-te que estás doido, Fabrício, pois que me acreditas capaz de servir de instrumento para um enredo... uma verdadeira traição. Então, que pensas?... Eu requestaria[141] D. Joaninha, não é assim?... Tu a deixavas, fingindo ciúmes, e depois quem me livraria dos apertos em que necessariamente tinha de ficar?...

– Ora, isso não te custava cinco minutos de trabalho. Tu... inconstante por índole e por sistema.

---

134. sonetos – composição poética formada de dois quartetos e dois tercetos.
135. tomado por mote – estranho.
136. requebro – movimento lascivo ou lânguido; expressão amorosa do olhar.
137. axiomas – algo muito evidente que dispensa demonstração.
138. medeixes – desdém; algo fingido.
139. arrufo – mau humor; mau modo.
140. insípido – algo sem graça.
141. requestar – solicitar; galantear; enamorar.

– Fabrício, deixa-te de asneiras; já que te meteste nisso, avante! Além de que, D. Joaninha é um peixão.

– Oh! oh! oh!... uma desenxabida...

– Que blasfêmia!

– Além disso é impossível... não posso suportar o peso: escrever quatro cartas por semana... Isto só! o talento que é preciso para inventar asneiras e mentiras dezesseis vezes por mês! e depois, o Tobias...

– Puxa-lhe as orelhas.

– Como?... se ele é a cria de D. Joaninha, o alfenim[142] da casa, o São Benedito da família!...

– Não sei, meu amigo, arranja-te como puderes.

– Lembra-te que foste a causa principal de tudo isso.

– Quem, eu?... eu apenas te disse que não sabias o gosto que tinha o amor à moderna.

– Pois bem, saí do meu elemento, fui experimentar a paixão romântica... aí a tem!... a tal paixãozinha me esgotou já paciência, juízo e dinheiro. Não a quero mais.

– Tu sempre foste um papa-empadas.

– Sim, e há dois meses que não sei o que é o cheiro delas. Anda, meu Augustozinho, ajuda-me!

– Não posso e não devo.

– Vê lá o que dizes!

– Tenho dito.

– Augusto!

– Agora digo mais que não quero.

– Olha que te hás de arrepender!

– Esta é melhor!... pretendes meter-me medo?...

– Eu sou capaz de vingar-me.

– Desafio-te a isso.

– Desacredito-te na opinião das moças.

– É um meio de tornar-me objeto de suas atenções. Peço-te que o faças.

– Descubro e analiso o teu sistema de iludir a todas.

– Tornar-me-ás interessante a seus olhos.

– Direi que és um bandoleiro[143].

– Melhor, elas farão por tornar-me constante.

– Mostrarei que a tua moral a respeito de amor é a pior possível.

– Ótimo!... elas se esforçarão por fazê-la boa.

– Hei de, nestes dois dias, atrapalhar-te continuamente.

– Bravo!... não contava divertir-me tanto!

– Então tu teimas no teu propósito?...

– Pois, se é precisamente agora que estou vendo os bons resultados que ele me promete!

– Portanto, estes dois dias, guerra!

142. alfenin – pessoa delicada; peralta; melindrosa.
143. bandoleiro – inconstante no amor ou na amizade; bandido; volúvel.

– Bravíssimo, meu Fabrício; guerra!

– Antecipo-te que meu primeiro ataque terá lugar durante o jantar.

– Oh! por milhares de razões, tomara eu que chegasse a hora dele!...

– Augusto, até o jantar!

– Fabrício, até o jantar!

Neste momento Filipe abriu a porta do gabinete e, dirigindo-se aos dois, disse:

– Vamos jantar.

# V

# Jantar conversado

Ao escutar-se aquele aviso animador que, repetido pela boca de Filipe, tinha chegado até ao gabinete onde conversavam Augusto e Fabrício, raios de alegria brilharam em todos os semblantes. Cada cavalheiro deu o braço a uma senhora e, par a par, dirigiram-se para a sala de jantar. Eram, entre senhoras e homens, vinte e seis pessoas.

Coube a Augusto a glória de ficar entre D. Quinquina, que lhe dera a honra de aceitar seu braço direito, e uma jovem de quinze anos, cuja cintura se podia abraçar completamente com as mãos. Um velho alemão ficava à esquerda dela e, sem vaidade, podia Augusto afirmar que D. Clementina prestava mais atenção a ele que aos jagodes[144], que, também, a falar a verdade, por seu turno mais se importava com o copo do que com a moça.

D. Quinquina (como a chamam suas amigas) conversa sofrível e sentimentalmente: é meiga, terna, pudibunda[145], e mostra ser muito modesta. Seu moral era belo e lânguido como seu rosto; um apurado observador, por mais que contra ela se dispusesse, não exitaria de classificá-la entre as sonsas. D. Clementina pertencia, decididamente, a outro gênero: o que ela é lhe estão dizendo dois olhos vivos e perspicazes e um sorriso que lhe está tão assíduo nos lábios, como o copo de vinho nos do alemão. D. Clementina é um epigrama interminável; não poupa a melhor de suas camaradas; sua vivacidade e espírito se empregam sempre em descobrir e patentear nas outras as melhores brechas, para abatê-las na opinião dos homens com quem pratica.

144. jagode – pessoa com pouca importância.
145. pudibunda – que se sente envergonhada; ficar corada; com pudor.

Durante as primeiras cobertas[146] ela dissertou maravilhosamente acerca de suas companheiras. Maliciosa e picante, lançou sobre elas o ridículo, que manejava, e os sorrisos de Augusto, que com destreza desafiava. As únicas que lhe haviam escapado eram D. Quinquina, provavelmente por ficar-lhe muito vizinha, e a irmã de Filipe, que estava defronte ou, como é moda dizer – *vis-à-vis*.

Augusto quis provocar os tiros de D. Clementina contra aquela menina impertinente que tão pouco lhe agradava.

– E que pensa V. S. desta jovem senhora que está defronte de nós? perguntou ele com voz baixa.

– Quem?... a Moreninha?... respondeu ela no mesmo tom.

– Falo da irmã de Filipe, minha senhora.

– Sim... todas nós gostamos de chamá-la Moreninha. Essa...

– Acabe D. Clementina, disse a irmã de Filipe, que, fingindo antes não prestar atenção ao que conversavam os dois, acabava de fixar de repente na terrível cronista dois olhares penetrantes e irresistíveis.

Parecia que uma luta interessante ia ter lugar; as duas adversárias mostravam-se ambas fortes e decididas, porém D. Clementina para logo recuou; e, como querendo não passar por vencida, sorriu-se maliciosamente e, apontando para a Moreninha, disse, afetando um acento gracejador[147]:

– Ela é travessa como o beija-flor, inocente como uma boneca, faceira como o pavão, e curiosa como... uma mulher.

– Sim, tornou-lhe D. Carolina. Preciso é que os ouvidos estejam bem abertos e a atenção bem apurada, quando se está defronte de uma moça como D. Clementina, que sempre tem coisas tão engraçadas e tão inocentes para dizer!... Oh! minha camarada, juro-lhe que ninguém lhe iguala na habilidade de compor um mapa.

– Mas... D. Carolina... você deu o cavaco?...

– Oh! não, não... continuou a menina, com picante ironia; porém é fato que nenhuma de nós gosta de ser ofuscada com o esplendor de outra. Já basta de brilhar, D. Clementina; o Sr. Augusto deve estar tão enfeitiçado com o seu espírito e talento, que decerto não poderá toda esta tarde e noite olhar para nós outras, sem compaixão ou desgosto; portanto, já basta... se não por si, ao menos por nós.

A cronista fez-se cor de nácar e a sua adversária, imitando-a na malícia do sorriso e no acento gracejador, prosseguiu ainda:

– Mas ninguém conclua daqui que, por ofuscada, perco eu o amor que tinha ao astro que me ofuscou. Bela rosa do jardim! teus espinhos feriram a borboleta, mas nem por isso deixarás de ser beijada por ela!...

E assim dizendo, a Moreninha estendeu e apinhou[148] os dedos de sua mão direita, fez estalar um beijo no centro do belo grupo que eles formaram e, enfim, executou com o braço um movimento, como se atirasse o beijo sobre D. Clementina.

146. primeira cobertas – iguarias que são colocadas à mesa, ao mesmo tempo.
147. gracejar – dizer por graça, dizer brincando.
148. apinhar – juntar; unir.

– Oh! disse Augusto consigo mesmo: a tal menina travessa não é tão tola como me pareceu ainda há pouco. E desde então começou o nosso estudante a demorar seus olhares naquele rosto que, com tanta injustiça, tachara de irregular e feio. Prevenido contra D. Carolina, por havê-la surpreendido fazendo-lhe uma careta, o tal Sr. Augusto, com toda a empáfia[149] de um semidoutor, decidiu magistralmente que a moça tinha todos os defeitos possíveis. Coitadinho... espichou-se tão completamente, que agora mesmo já está pensando com os seus botões: ela não será bonita!... porém feia... isso é demais!

– Chegou muito tarde à ilha... balbuciou D. Quinquina, como quem desejava travar conversação com Augusto.

– Pensa deveras isso, minha senhora?!... respondeu este, pregando nela um olhar de quem está pedindo um sim.

– Penso... disse a moça enrubescendo.

– Pois é precisamente agora que eu reconheço ter chegado muito tarde ou, pelo contrário, talvez cedo demais.

– Cedo demais?...

– Certamente... não se chegará sempre cedo demais onde se corre algum risco?

– Aqui, portanto...

– Neste lugar, portanto, continuou o estudante, voltando os olhos por todas as senhoras, e apontando depois para D. Quinquina; e aqui principalmente, floresce e brilha o prazer, mas perde-se também a liberdade de um mancebo!

Os dois foram aqui interrompidos para corresponder a uma longa e interminável coleção de brindes que o alemão principiou a desenrolar, e com tanta frequência e tão pouca fertilidade que só a Sra. D. Ana teve, por sua saúde, de vê-lo beber seis vezes.

Enfim, cedeu um pouco a tormenta, e D. Quinquina, que havia gostado do que lhe dissera o estudante, continuou:

– Não quis vir com seus colegas?

– Eu gosto de andar só, minha senhora.

– Sempre é má e triste a solidão.

– Mas às vezes também a sociedade se torna insuportável... por exemplo, depois de amanhã...

– Depois de amanhã? repetiu ela, sorrindo-se; depois de amanhã o quê?

– Minha senhora, ouvidos que escutaram acordes, sons de harpa sonora, vibrada por ligeira mão de formosa donzela, doem-se de ouvir o toque inqualificável da viola desafinada da rude saloia[150].

– Eu não o compreendo bem...

– Quem respirou o ar embalsamado dos jardins, o aroma das rosas, os eflúvios [151]da angélica, se incomoda, se exaspera[152] ao respirar logo depois a atmosfera grave e carregada de miasmas[153] de um hospital.

149. empáfia – qualidade de pessoa que tem muito orgulho de si mesma; soberba.
150. saloia – camponês que nasce nos arredores de Lisboa, ao norte do rio Tejo.
151. eflúvios – aroma, perfume.
152 exasperar – tornar áspero, irritar sobremodo.
153. miasmas – proveniente de substancias em decomposição

– Ainda o não entendi.

– Pois juro, minha senhora, que desta vez me há de compreender perfeitamente. Digo que, vendo eu hoje dois olhos que por sua cor e brilho se assemelham a dois belos astros de luz, cintilando em céus do mais puro azul; que, escutando uma voz tão doce como serão as melodias dos anjos; que, enfim, respirando junto de alguém, cujo bafo é um perfume de delícias, depois de amanhã preferirei não ver, não ouvir e não cheirar coisa alguma,[154] a ver os olhos pardos e escovados ali do meu amigo Leopoldo, a ouvir a voz de taboca[155] rachada do meu colega Filipe e a respirar a fumaça dos charutos de meu companheiro Fabrício.

– Ah!... exclamou outra vez inesperadamente D. Carolina, eu creio que D. Quinquina terá finalmente compreendido o que o Sr. Augusto tanto se empenha em lhe explicar.

– Minha prima, atreveu-se a dizer a ingênua, modesta, medrosa e muito sonsa D. Quinquina; minha prima, você o teria compreendido no primeiro instante, não é assim?...

– Certamente, respondeu a mocinha, sem perturbar-se; o Sr. Augusto, além de falar com habilidade e fogo, pôs em ação três sentidos; o que poderia também suceder era que, como algumas costumam fazer, eu fingisse não compreendê-lo logo, para dar lugar a mais vivas finezas, até que ele, de fatigado, dissesse tudo, sem figuras e flores de eloquência... Ora isso quase que aconteceu, porque os olhos, os ouvidos e o nariz do Sr. Augusto hão de estar certamente cansados de tão excessivo trab !...

– Minha senhora!...

– Por desdita[156] dele não houve ocasião de pôr em campo um outro sentido; o gosto ficou em inação[157] bem contra sua vontade, não é assim, Sr. Augusto?...

– Minha prima, todos olham para nós...

– A respeito de tato, não direi palavra, continuou a terrível Moreninha; porque, se as mãos do Sr. Augusto conservaram-se em justa posição, quem sabe os transes por que passariam os pés de minha prima?... Os Senhores estão tão juntinhos, que com facilidade e sem risco se podem tocar por baixo da mesa.

– Menina! exclamou a Sra. D. Ana, com acento de repreensão.

– Minha senhora, consinta que ela continue a gracejar, disse Augusto, meio aturdido[158]. Além de me dar a honra de tomar-me por objeto de seus gracejos, dá-me também o prazer de apreciar e admirar seu espírito e agudeza[159].

---

154. note que, apesar de muitas quebras das características do romance-romântico, alguns traços ainda se mantém em alguns momentos. O eu-lírico se utiliza de uma técnica conhecida como sinestesia, pois consegue passar ao leitor as feições e sensações quase sensitivas com seu detalhamento.
155. taboca – espécie de bambu do Brasil.
156. desdita – desventura; infortúnio.
157. inação – falta de ação.
158. aturdido – atordoado; maravilhado.
159. agudeza – qualidade do que é agudo, do que penetra.

– Agradecida! muito agradecida! tornou o diabinho da menina, rindo--se com a melhor vontade. Eu cá não custo tanto a compreendê-lo como minha prima; já sei o que querem de mim os seus elogios... estou comprada, não falo mais.

Uma risada geral aplaudiu as últimas palavras de D. Carolina; não há nada mais natural; ela era neta da dona da casa, e, além de ser moça, é rica.

Começava então a servir-se a sobremesa.

– E eu, apesar de amigo e colega de Augusto, disse por fim Fabrício, endireitando-se, não posso deixar de lastimar a Sra. D. Joaquina, pela triste conquista que acaba de fazer.

Augusto conheceu que lhe era dado o sinal do combate. Fabrício queria tomar vingança de sua nenhuma condescendência[160], e, pois, preparou-se para sustentar a luta com todo o esforço. E vendo que todos tinham os olhos nele, como que esperando uma resposta, não hesitou:

– Obrigado, disse; nem eu mesmo posso de mim formar outro conceito. Devo, todavia, declarar que, se me fosse dado conhecer a ditosa mortal que conseguiu ganhar os pensamentos e o coração do meu colega, certo que lhe eu daria meus parabéns em prosa e verso, porque Fabrício é, sem contradição, a mais alegre e apreciável conquista!

A ironia o feriu. A interessante Moreninha lançou sobre Augusto um olhar de aprovação e sorriu-se brandamente; gostou de o ver manejar a sua arma favorita. Sem se explicar o porquê, também o nosso estudante teve em muita conta aquele sorriso da menina travessa. Fabrício continuou:

– Venha embora o ridículo, que nem por isso poder-se-á negar que para o nosso Augusto não houve, não há, nem pode haver amor que dure mais de três dias.

Todas as senhoras olharam para o réu daquele horrendo crime[161] de lesa--formosura[162]. Augusto respondeu:

– E o que há aí de mais engraçado é que Fabrício tem culpa disso, porque, enfim, manda o meu destino que eu sempre tenha andado, ande, e haja de andar em companhia dele, que, com a maior crueldade do mundo, tira-me todos os lances, antes de três dias de amor.

Novo olhar, novo sorriso de aprovação de D. Carolina, novo prazer de Augusto por merecê-lo.

Fabrício torceu-se sobre a cadeira e prosseguiu:

– Nada de fugir da questão. Poder-se-ia julgar fraqueza querer de algum modo ocultar que, tanto em prática como em teoria, o meu colega é e se preza de ser o protótipo da inconstância.

– Eis o que ele não pode negar, acudiram Leopoldo e Filipe, rindo-se.

– E para que negar, se já o nosso colega afirmou que eu me prezava de ter essa qualidade?...

---

160. condescendência – falta de flexibilidade ao se adaptar ao gosto e vontade dos outros; indulgência.
161. "Todas as senhoras olharam para o réu daquele horrendo crime (...)" – em diversos momentos fica claro que o narrador acompanha as cenas junto ao leitor, nos guiando pelos fatos que julga pertinente que observemos junto a ele.
162. lesa-formosura – ofensa à formosura, à beleza.

– Misericórdia! exclamou uma das moças.

– É possível?!... perguntou a avó de Filipe, com seriedade.

– É absolutamente verdade, respondeu o estudante.

Lançou depois um olhar ao derredor[163] da mesa e todas as senhoras lhe voltaram o rosto. D. Quinquina tinha nos lábios um triste sorriso. A Moreninha olhou-o com espanto, durante um certo momento, mas logo depois soltou uma sofrível risada e pareceu ocupar-se exclusivamente de uma fatia de pudim.

Reinou silêncio por alguns instantes: Fabrício parecia vitorioso; Augusto estava como em isolamento, as senhoras olhavam para ele com receio, mostravam temer encontrar seus olhos; dir-se-ia que receavam que de uma troca de olhares nascesse para logo o sentimento que as devesse tornar desgraçadas. Desde as fatais palavras de Fabrício, Augusto era naquela mesa o que costumava ser um leproso na Idade Média: – o homem perigoso, cujo contato podia fazer a desgraça de outro.

Fabrício compreendeu em quão triste situação estava o seu adversário, e, inexperiente, se havia deixá-lo debatendo-se em sua má posição, quis ainda mais piorá-la, e foi, talvez, arrancá-lo dela. Fabrício, pois, fala; as senhoras embebem nele seus olhos e o aplaudem, enquanto Augusto, servindo-se de um prato de grosso melado, afeta prestar pouca atenção ao seu acusador.

– Sim, minhas senhoras, é um jovem inconstante, acessível a toda as belezas, repudiando-as ao mesmo tempo para correr atrás de outra, que será logo deixada pela vista de uma nova, como se ele fosse a inércia da matéria, que conserva uma impressão, mas que não a guarda senão o tempo que é gasto para um novo agente modificá-la!

– Muito bem! muito bem! disseram algumas vozes.

– Seu coração é pétrica[164] abóbada[165] de teatro, que não entende o dizer de Auber[166], quando soluça à flauta ternos sons de músico discurso, pois aquela muda superfície reflete a todos e a todos esquece com estúpida indiferença!...

– Bravo!... Fabrício está hoje romântico! exclamou Leopoldo, apontando maliciosamente para uma garrafa que se achava defronte do orador, e quase de todo esgotada.

– Apoiadíssimo!... murmurou Augusto, apontando também para a garrafa.

– Mas ele deverá viver de lágrimas, suspiros e ânsias de condenado... concluiu Fabrício.

– Bravo!... muito bem!... bravo!...

– Peço a palavra para responder! exclamou Augusto.

163. derredor – envolta; ao redor de.
164. pétrico – que provém da pedra; duro.
165. abóbada – estrutura em formato de arco, geralmente de pedra ou tijolo, que apoiada em paredes ou colunas, serve para cobrir um espaço ou ambiente.
166. Auber – Daniel François Esprit Auber (1782 a 1871): renomado compositor francês, autor de diversas óperas e aberturas.

– Tem a palavra, mas nada de maçada!

– Duas palavras, minhas senhoras, só duas palavras.

– Sim, defenda-se, defenda-se.

– Defender-me?... certo que o não farei; poderia, ao contrário, acusar, mas também não quero; julgo apenas oportuno dar algumas explicações. Minhas senhoras, debaixo de certo ponto de vista o meu colega Fabrício disse a verdade, porque eu sou, com efeito, o mais inconstante dos homens em negócio de amor.

– Ainda repete?!

– Mas também quem me conhece bastante conclui que, por fim de contas, não há amante algum mais firme do que eu.

– O senhor está compondo enigmas.

– Não o interrompam, deixem-no apresentar o seu programa amoroso.

– Sim, minhas senhoras, continuou Augusto; vamos ao desenvolvimento da primeira proposição.

– Ouçam! ouçam!

– A minha inconstância é natural, justa e, sem dúvida, estimável. Eu vejo uma senhora bela, amo-a não porque ela é senhora... mas porque é bela; logo, eu amo a beleza. Ora, este atributo não foi exclusivamente dado a uma só senhora, e quando o encontro em outra, fora injustiça que eu desprezasse nesta aquilo mesmo que tanto amei na primeira.

– Bravo!... viva o raciocínio!

– Mais ainda. Todo o mundo sabe que não há quem nasça perfeito. Suponhamos que eu estou na agradável companhia de três jovens; todas são lindas; mas a primeira vence a segunda na delicadeza do talhe, esta supera aquela na ternura do olhar e na graça dos sorrisos, e a terceira, enfim, ganha as duas na sublime harmonia de umas bastas madeixas negras, coroando um rosto romanticamente pálido; ora, bem se vê que seria cometer a mais detestável injustiça se eu, por amar a delicadeza do talhe da primeira, me esquecesse das ternuras dos olhares e da graça dos sorrisos da segunda, assim como das bastas madeixas negras e do rosto romanticamente pálido da última.

– Muito bem, Augusto, exclamou Filipe. Estou achando um não-sei-quê tão aproveitável no teu sistema, que me vejo em termos de segui-lo.

– Eis aqui, pois, por que sou inconstante, minhas senhoras; é o respeito que tributo ao merecimento de todas, é talvez o excesso a que levo as considerações que julgo devidas ao sexo amável, que me faz ser volúvel. Agora eu entro na segunda parte da minha explicação.

– Atenção!... ele vai provar que é constante!...

– Antes que ninguém, minhas senhoras, eu repreendi o meu coração pela sua volubilidade; mas vendo que era vão trabalho querer extinguir por tal meio uma disposição que a natureza nele plantara, pretendi primeiro achar na mesma natureza um corrosivo[167] que o fizesse constante: procurei uma

167. corrosivo – que corrói; medicamento ou substância que desorganiza pelo contato; os tecidos vivos.

jovem bem encantadora para me lançar em cativeiro eterno, mas debalde o fiz, porque eu sou tão sensível ao poder da formosura, que sempre me sucedia esquecer a bela de ontem pela que via hoje, a qual, pela mesma razão, era esquecida depois. Quantas vezes, minhas senhoras, nos meus passeios da tarde, eu olvidei o amor da manhã desse mesmo dia por outro amor, que se extinguiu no baile dessa mesma noite!...

– É exageração! disse uma senhora.

– É exatamente assim, acudiu Fabrício.

– Que folha d'alho[168]!... exclamou D. Quinquina.

– Então, minhas senhoras, prosseguiu Augusto, eu entendi que devia recorrer a mim próprio para tornar-me constante. Consegui-o. Sou firme amante de um objeto... mas de um só objeto que não tem existência real, que não vive.

– Como é isto!... então a quem ama?

– A sua sombra, como Narciso[169]?...

– A boneca que se vê na vidraça do Desmarais[170]?...

– Ao cupido de Praxiteles[171], como Aquídias de Rodes?

– Alguma estátua da Academia das Belas-Artes?...

– Nada disso.

– Então a quem?

– A todas as senhoras, resumidas num só ente ideal. À custa dos belos olhos duma, das lindas madeixas de outra, do colo de alabastro desta, do talhe[172] elegante daquela, eu formei o meu belo ideal, a quem tributo o amor mais constante. Reúno o que de melhor está repartido e faço mais ainda: aperfeiçoo a minha obra todos os dias. Por exemplo, retirando-me desta ilha, eu creio que vestirei o meu belo ideal de novas formas!

– Viva o cumprimento!...

– Foi assim, minhas senhoras, que eu me pude tornar constante e, graças a meu proveitoso sistema, posso amar a todas as senhoras a um tempo sem ser infiel a nenhuma. Disse.

– Muito bem!... muito bem!...

– Augusto desempenhou-se.

O *champagne* estourava naquele momento. Leopoldo tomou a palavra pela ordem.

– Eu vou, exclamou, propor um belo meio de terminar esta discussão, convidando a todos os senhores para um brinde, no qual Augusto, por castigo de sua inconstância, nos não poderá acompanhar. Não é novo que mancebos bebam, no meio dos prazeres de um festim, um copo de vinho depois de pronunciar o nome daquela que é a dama de seus pensamentos: aqui não

168. folha d`alho – proveniente de quem é malandro, espertalhão.

169. Narciso – segundo a mitologia grega, Narciso era um rapaz extremamente belo, que tinha desprezo pelo amor. Assim, recebeu um castigo dos deuses, pois um dia ao debruçar-se sobre a água de uma fonte apaixonou-se por si mesmo e acabou morrendo em sua perpétua contemplação. No lugar de sua morte surgiu uma flor de nome narciso.

170. Desmarais – Ernesto Desmarais era perfumista e cabeleireiro da alta sociedade carioca.

171. Praxiteles – escultor grego que viveu entre 309 a.C. e 335 a.C.

172. talhe – feição; forma; aparência de um corpo.

estamos só mancebos e, pois, não faremos tanto; pronunciaremos, contudo, a inicial do primeiro nome.

– Sim! sim! disse Filipe, Augusto não beberá conosco...

– Não, maninho, acudiu a interessante Moreninha, ele há de beber também.

– Ah, minha senhora! no beber um copo de champagne não está a dúvida; a dificuldade toda é poder, entre tantos nomes, escolher o mais amado. Acode-me tal número dos que têm tocado o superlativo do amor...

– M... disse Leopoldo, esvaziando seu copo.

– C... pronunciou Filipe, olhando para D. Clementina.

– J... balbuciou Fabrício, exasperado com um acesso de tosse que atacara Augusto.

Os outros mancebos pronunciaram suas letras; só o inconstante faltava.

– Eis! ânimo, Sr. Augusto, disse D. Carolina.

– Mas que letra, minha senhora?... se eles me dessem licença, eu faria o enorme sacrifício de reduzir as que me lembram ao diminuto número de vinte e três.

– Nada! nada! nesta saúde[173] não entra o número plural.

– Pois bem, Sr. Augusto, continuou a menina, uma coleção não deixa de ser singular; beba o seu copo de *champagne* ao alfabeto inteiro!

– Sim, minha senhora, ao alfabeto inteiro!

Meia hora depois levantaram-se da mesa. Leopoldo aproximou-se de Augusto.

– Então que dizes, Augusto?...

– Que passaremos a mais agradável noite.

– E quem ganhará a aposta?

– Eu.

– De quais destas meninas estás mais apaixonado...

– Estou na minha regra, mas hoje tenho-me apaixonado só de três, principalmente.

– E o que pensas da irmã de Filipe?

– A melhor resposta que te posso dar, é... não sei... porque, ao meio-dia, a julgava travessa, importuna e feia, mas era-me completamente indiferente...

– À uma hora?...

– Eu a supus estouvada e desagradável.

– Às duas horas?...

– Má, e desejava vê-la longe de mim.

– Durante o jantar?...

– Fui achando-lhe algum espírito e acusei-me por havê-la julgado feia.

– E agora?

– Parece que me sinto muito inclinado a declará-la engraçada e bonitinha.

– E daqui a pouco?

– Eu te direi...

173. saúde – neste contexto é referente ao ato de saudar, fazer uma saudação, cumprimentar.

# VI

# Augusto com seus amores

Poucos momentos depois da cena antecedente, a sala de jantar ficou entregue unicamente ao insaciável Keblerc, que entendeu, não sabemos se mal ou bem, que era muito mais proveitoso ficar fazendo honras a meia dúzia de garrafas de belo vinho do que acompanhar as moças, que se foram deslizar pelo jardim. Outro tanto não fizeram os rapazes, que de perto as acompanharam, assim como pais, maridos e irmãos, todos animados e cheios de prazer e harmonia, dispostos a acabar o dia e entrar pela noite com gosto.

Mas dissemos que não sabíamos se Keblerc havia feito bem ou mal em não imitar os outros. Sem dúvida já fomos condenados por homem de mau gosto, cumpre-nos dar algumas razões. Entendemos, cá para nós, que por diversos caminhos vão, tanto o alemão como os rapazes, a um mesmo fim. Em resultado, esgotadas as garrafas e terminado o passeio, haverá mona[174], não só na sala do jantar, mas também no jardim; a diferença é que uma será mona de vinho e a outra de amor. Esta última costuma sempre ser mais perigosa. Pela nossa parte confessamos que não há cachaça que embebede mais depressa do que uma que se bebe nos olhos travessos de certas pessoas.

Passeava-se. Cada cavalheiro dava o braço a uma senhora, e, divagando-se assim pelo jardim, o dicionário das flores era lembrado a todo o momento. Menina havia que, apenas algum lhe dizia, apontando para a flor:

– Acácia!

– Sonhei com você! respondia logo.

– Amor-perfeito!

– Existo para ti só! tornava imediatamente.

E o mesmo fazia a respeito de todas as flores que lhe mostravam. Era uma doutora de borla[175] e capelo[176] em todas as ciências amatórias[177]; e esta menina era, nem mais nem menos, aquela lânguida e sonsinha D. Quinquina. Fiai-vos nas sonsas!

Um moço e uma moça, porém, andavam, como se costuma dizer, solteiros; cem vezes dela se aproximava o sujeito, mas a bela, quando mais perto o via, saltava, corria, voava como um beija-flor, como uma abelha ou, melhor, como uma doidinha. Eram eles D. Carolina e Augusto.

174. mona – bebedeira.
175. borla – insígnias; grau de doutor.
176. capelo – próprio de quem é doutor.; murça de doutor.
177. amatórias – provém de amor; que inspira amor.

Augusto passeava só, contra a vontade; D. Carolina, por assim o querer. Augusto viu de repente todos os braços *engajados*. Duas senhoras, a quem se dirigiu, fingiram não ouvi-lo, ou se desculparam. O inconstante não lhes fazia conta, ou, antes, queriam, tornando-se difíceis, vê-lo requestando-as; porque, desde o programa de Augusto, cada uma delas entendeu lá consigo que seria grande glória para qualquer, o prender com inquebráveis cadeias aquele capoeira do amor e que o melhor meio de isto conseguir era fingir desprezá-lo e mostrar não fazer conta a ele. Exatamente intentavam batê-lo por meio dessa tática poderosa, com que quase sempre se triunfa da mulher, isto é, pouco-caso.

D. Carolina, pelo contrário, havia rejeitado dez braços. Queria passear só. Um braço era uma prisão e a engraçada Moreninha[178] gosta, sobretudo, da liberdade. Ela quer correr, saltar e entender com as outras; agora adiante de todos, e daqui a pouco ser a última no passeio: viva, com seus olhos sempre brilhantes, ágil, com seu pezinho sempre pronto para a carreira; inocente para não se envergonhar de suas travessuras e criada com mimo demais para prestar atenção aos conselhos de seu irmão, ela está em toda a parte, vê, observa tudo e de tudo tira partido para rir-se: em contínua hostilidade com todas aquelas que passeavam com moços, de cada vista d'olhos, de cada suspiro, de cada palavra, de cada ação que percebia tirava motivo para seus epigramas; e, inimigo invencível, porque não tinha fraco por onde fosse atacado, era por isso temido e acariciado. Deixemo-la, pois, correr e saltar, aparecer e desaparecer ao mesmo tempo; nem à nossa pena é dado o poder acompanhá-la, que ela é tão rápida como o pensamento.

Finalmente, o pobre Augusto encontrou uma senhora que teve piedade dele. Estão afastados do resto da companhia; conversam. Vamos ouvi-los[179]:

– Com efeito, disse a Sra. D. Ana, devo confessar que me espantei ouvindo-o sustentar com tão vivo fogo a inconstância no amor.

– Mas, minha senhora, não sei por que se quer espantar!... é uma opinião.

– Um erro, senhor!... ou, melhor ainda, um sistema perigoso e capaz de produzir grandes males.

– Eis o que também me espanta!

– Não senhor, nada há aqui que exagerado seja; rogo-lhe que por um instante pense comigo: se o seu sistema é bom, deve ser seguido por todos; e se assim acontecesse, onde iríamos assentar o sossego das famílias, a paz dos esposos, se lhes faltava a sua base – a constância?...

Augusto guardou silêncio e ela continuou:

– Eu devo crer que o Sr. Augusto pensa de maneira absolutamente diversa daquela pela qual se explicou; consinta que lhe diga: no seu pretendido

178. "Um braço era uma prisão e a engraçada Moreninha gosta, sobretudo, da liberdade." – há uma ruptura com a figura feminina que prevalecia no período. Aqui, vemos uma heroína livre, que não quer em momento algum se sentir presa, indo em direção contraria às moças da época que buscavam encontrar rapidamente um marido e constituir uma família.

179. "Vamos ouvi-los" – novamente temos um narrador próximo de seu leitor, que conduz a todos os pontos que nos é conveniente que saibamos e acompanha de perto todas as cenas, como se estivesse lá "espionando".

sistema, o que há é muita velhacaria; finge não se curvar por muito tempo diante de beleza alguma, para plantar no amor-próprio das moças o desejo de triunfar de sua inconstância.

– Não, minha senhora, o único partido que eu procuro e tenho conseguido tirar é o sossego que há algum tempo gozo.

– Como?

– É uma história muito longa, mas que eu resumirei em poucas palavras. Com efeito, não sou tal qual me pintei durante o jantar. Não tenho a louca mania de amar um belo ideal, como pretendi fazer crer; porém, o certo é que eu sou e quero ser inconstante com todas e conservar-me firme no amor de uma só.

– Então o senhor já ama?

– Julgo que sim.

– A uma moça?

– Pois então a quem?

– Sem dúvida bela?...

– Creio que deve ser.

– Pois o senhor não sabe?...

– Juro que não.

– O seu semblante?

– Não me lembro dele.

– Mora na corte?...

– Ignoro-o.

– Vê-a muitas vezes?

– Nunca.

– Como se chama?...

– Desejo sabê-lo.

– Que mistério!...

– Eu devo mostrar-me grato à bondade com que tenho sido tratado, satisfazendo a curiosidade que vejo muito avivada no seu rosto; e pois, senhora vai ouvir o que ainda não ouviu nenhum dos meus amigos, o que eu não lhes diria, porque eles provavelmente rir-se-iam de mim. Se deseja saber o mais interessante episódio da minha vida, entremos nesta gruta, onde praticaremos livres de testemunhas e mais em liberdade.

Eles entraram.

Era uma gruta pouco espaçosa e cavada na base de um rochedo que dominava o mar. Entrava-se por uma abertura alta e larga, como qualquer porta ordinária. Ao lado direito havia um banco de relva, em que poderiam sentar-se a gosto três pessoas; no fundo via-se uma pequena bacia de pedra, onde caía, gota a gota, límpida e fresca água que do alto do rochedo se destilava; preso por uma corrente à bacia de pedra estava um copo de prata, para servir a quem quisesse provar da boa água do rochedo.

Foi este lugar escolhido por Augusto para fazer suas revelações à digna hóspeda.

O estudante, depois de certificar-se de que toda a companhia estava longe, veio sentar-se junto da Sra. D. Ana, no banco de relva, e começou a história dos seus amores.

.................................................

# VII

...............

# Os dois breves, branco e verde

.................................................

Negócios importantes,[180] minha senhora, tinham obrigado meu pai a deixar sua fazenda e a vir passar alguns meses na corte; eu o acompanhei, assim como toda a nossa família. Isto foi há sete anos, e nessa época houve um dia... mas que importa o dia?... eu o poderia dizer já; o dia, o lugar, a hora, tudo está presente à minha alma, como se fora sucedido ontem o acontecimento que vou ter a honra de relatar; é uma loucura a minha mania... embora... Foi, pois, há sete anos, e tinha eu então treze de idade que, brincando em uma das belas praias do Rio de Janeiro, vi uma menina que não poderia ter ainda oito.

Figure-se a mais bonita criança do mundo, com um vivo, agradável e alegre semblante, com cabelos negros e anelados[181] voando ao derredor de seu pescoço, com o fogo do céu nos olhos, com o sorrir dos anjos nos lábios, com a graça divina em toda ela, e far-se-á ainda uma ideia incompleta dessa menina.

Ela estava à borda do mar e seu rosto voltado para ele; aproximei-me devagarinho. Uma criança viva e espirituosa, quando está quieta, é porque imagina novas travessuras ou combina os meios para executar alguma a que se põe obstáculos; eu sabia isto por experiência própria, e cheguei-me, pois, para saber em que pensava a menina; a pequena distância dela parei, porque já tinha adivinhado seu pensamento.

Na praia estava deposta[182] uma concha, mas tão perto do mar, que quem a quisesse tomar e não fosse ligeiro e experiente, se expunha a ser apanhado pelas ondas, que rebentavam com força, então.

180. "Negócios importantes, minha senhora, tinham obrigado meu pai a deixar sua fazenda e a vir passar alguns meses na corte; eu o acompanhei, assim como toda a nossa família. Isto foi há sete anos, e nessa época houve um dia (...)" – observe que na historia há um recuo ao passado. Quando o enredo se inicia, Augusto está no quinto ano de Medicina e possui a fama de inconstante entre os amigos. Nos capítulos VII e VIII, o autor apresenta a origem dessa instabilidade amorosa do herói. Tudo começou há oito anos, quando Augusto tinha 13 anos, e Carolina 7.

181. anelados – em formato de anel.

182. deposta – depositada; colocada em algum lugar.

Eu vi a travessa menina hesitar longo tempo entre o desejo de possuir a concha e o receio de ser molhada pelas vagas; depois pareceu haver tomado uma resolução: o capricho de criança tinha vencido. Com suas lindas mãozinhas arregaçou o vestido até aos joelhos, e quando a onda recuou, ela fez um movimento, mas ficou ainda no mesmo lugar, inclinada para diante e na ponta dos pés; segunda, terceira, quarta, quinta onda, e sempre a mesma cena de ataque e receio do inimigo. Finalmente, ao refluxo da sexta, ela precipitou-se sobre a concha, mas a areia escorregou debaixo de seus pés; e a interessante menina caiu na praia, sem risco e com graça; erguendo-se logo e espantada ao ver perto de si a nova onda, que dessa vez vinha mansa e fraca como respeitosa, correu para trás e sem pensar atirou-se nos meus braços, exclamando:

– Ah!... eu ia morrer afogada!...

Depois, vendo-se com o vestido cheio de areia, começou a rir-se muito, sacudindo-o e dizendo ao mesmo tempo:

– Eu caí! eu caí!...

E como se não bastasse esta passagem rápida do susto para o prazer, ela olhou de novo para o mar, e tornando-se levemente melancólica, balbuciou com voz pesarosa[183], apontando para a concha.

– Mas... a minha concha!...

Ouvindo a sua voz harmoniosa e vibrante, eu não quis saber de fluxos nem refluxos de ondas; corri para elas com entusiasmo e, radiante de prazer e felicidade, apresentei-me à linda menina, embora um pouco molhado mas trazendo a concha desejada.

Este acontecimento fez-nos logo camaradas. Corremos a brincar juntos com toda essa confiança infantil que só pode nascer da inocência, o que ainda em parte se dava em mim, posto que já a esse tempo fosse eu um pouco velhaquete e sonso, como um estudante de latim que era, e que por tal já procurava minhas blasfêmias no dicionário.

É sempre digno de observar-se esta tendência que têm as calças para o vestido... Desde a mais nova idade e no mais inocente brinquedo aparece o tal mútuo pendor dos sexos... e de mistura umas vergonhas muito engraçadas...

Eu cá sempre fui assim; quando brincava o *tempo-será*[184], por exemplo, sempre preferia esconder-me atrás das portas com a menos bonita de minhas primas, do que com o mais formoso de meus amigos da infância.

Mas, como ia dizendo, nós brincamos juntos, corríamos e caíamos na areia, e depois ríamos ambos de nós mesmos. Tínhamos esquecido todo o mundo, e pensávamos somente em nos divertir, como os melhores amigos.

Depois de uma agradável hora passada em mil diversas travessuras, que nossa imaginação e inconstância de meninos modificava e inventava a cada momento, a minha interessante camarada voltou-se de repente para mim, e perguntou:

– Sou bonita, ou feia?...

Eu quis responder-lhe mil coisas... corei... e finalmente murmurei tremendo:

183. pesarosa – com arrependimento; desgosto; com pesar.
184. tempo-será – brincadeira de esconde-esconde.

– Tão bonita!...

– Pois então, tornou-me ela, quando formos grandes, havemos de nos casar, sim?

– Oh!... pois bem!...

– Havemos, continuou o lindo anjinho de sete anos, eu o quero... Olhe, o meu primo Juca me queria também, mas ainda ontem me quebrou a minha mais bonita boneca... ora, o marido não deve quebrar as bonecas de sua mulher!... Eu quero, pois, me casar com o senhor, que há de apanhar bonitas conchinhas para mim... Além disso ele não tem como o senhor os cabelos louros nem a cor rosada...

– Porém, eu gosto mais dos cabelos pretos...

– Melhor!... melhor!... exclamou a menina, saltando de prazer. Olhe: os meus são pretos!

E nisto ela puxou com a sua pequena mãozinha um de seus belos anéis da madeixa, para mostrar-mo, e largando-o depois, eu vi cair outra vez em seu pescoço, de novo torcido como um caracol.

Ainda corremos mais e continuamos a brincar juntos; e, sem o pensar, nós nos esquecemos de procurar saber os nossos verdadeiros nomes, porque nos bastavam esses com que já nos tratávamos, de: meu marido, minha mulher!

A viveza, a graça e o espírito da encantadora menina tinham feito desaparecer meu natural acanhamento, nós estávamos como dois antigos camaradas[185], quando fomos interrompidos em nossas travessuras por um outro menino que para nós corria chorando.

– O que tem?... perguntamos ambos.

– É meu pai que morre! exclamou ele, apontando para uma velha casinha que avistamos algumas braças distante de nós.

Ficamos um momento tristemente surpreendidos; depois, como dominados pelo mesmo pensamento, ela e eu dissemos a um tempo:

– Vamos lá.

E corremos para a pequena casa.

Entramos. Era um quadro de dor e luto que tínhamos ido ver. Uma pobre velha e três meninos mal vestidos e magros cercavam o leito em que jazia[186] moribundo[187] um ancião de cinquenta anos, pouco mais ou menos. Pelo que agora posso concluir, uma síncope[188] havia causado todo o movimento, pranto e desolação que observamos. Quando chegamos ao pé de seu leito, ele tornava a si.

– Ainda não morri, balbuciou, olhando com ternura para seus filhos, e deixando cair dos olhos grossas lágrimas. Depois, deparando conosco, continuou:

– Quem são estes dois meninos?...

185. camarada – o mesmo que companheiro; amigo.
186. jazia – permanecer deitado; morto; sepultado.
187. moribundo – aquele que está para morrer; agonizando.
188. síncope – suspensão súbita e momentânea da ação do coração ou interrupção da respiração, das sensações e dos movimentos voluntários.

Ninguém lhe respondeu, porque todos choravam, sem excetuar[189] a minha bela camarada e eu.

– Não chorem ao pé de mim, exclamou o velho, sufocado em pranto, e escondendo o rosto entre as mãos, enquanto seus três filhos e o quarto, que tínhamos há pouco visto fora, se atiravam sobre ele, no excesso da maior, da mais nobre e da mais sublime das dores.

A minha camarada dirigiu-se então à velha.

– O que tem então ele?... perguntou com viva demonstração de interesse.

– Oh, meus meninos, respondeu a aflita velha, ele sofre uma enfermidade cruel, mas que poderia não ser mortal... porém é pobre... e morre mais depressa pelo pesar de deixar seus filhos expostos à fome!... morre de miséria!... morre de fome!...

– Fome! exclamamos com espanto; fome! pois também morre-se de fome?...

E instintivamente a minha interessante companheira tirou do bolso do seu avental uma moeda de ouro e, dando-a à velha, disse:

– Foi meu padrinho que ma deu hoje de manhã... eu não preciso dela... não tenho fome.

E eu tirei de meu bolso uma nota, não me lembro de que valor e por minha vez a entreguei, dizendo:

– Foi minha mãe que ma deu e ela me dá também um abraço, sempre que faço esmola aos pobres.

Não é possível descrever o que se passou então naquela miserável choupana. Minha linda mulher e eu tivemos de ser abraçados mil vezes, de ver de joelhos a nossos pés a velha e os meninos... O ancião forcejava por falar há muito tempo... Dava com as mãos, chamando-nos... Finalmente nós nos aproximamos dele, que nos apertou com entusiasmo contra o coração.

– Quem sois? pôde, enfim, dizer; quem sois?

– Duas crianças, foi a menina que respondeu.

– Dois anjos, tornou o velho. E quem é este menino?...

– É o meu camarada, disse ainda ela.

– Vosso irmão?...

– Não senhor, meu... marido.

– Marido?

– Sim, eu quero que ele seja meu marido.

– Deus realize vossos desejos!..

Acabando de pronunciar estas palavras, o ancião guardou silêncio por alguns instantes... bebeu com sofreguidão[190] um púcaro cheio d'água e, olhando de novo para nós, e tendo no rosto um ar de inspiração e em suas palavras um acento profético, exclamou:

– Seja dado ao homem agonizante lançar seus últimos pensamentos do leito da morte, além dos anos, que já não serão para ele, e penetrar com

189. excetuar – excluir, exceção.
190. sofreguidão – com impaciência; ansiedade.

seus olhares através do véu do futuro!... Meus filhos! amai-vos, e amai--vos muito! A virtude se deve ajuntar, assim como o vício se procura; sim, amai-vos. Eu não vos iludo... vejo lá... bem longe... a promessa realizada! São dois anjos que se unem... vede!... os meninos que entraram na casa do miserável, que enxugaram o pranto e mataram a fome da indigência, são abençoados por Deus e unidos em nome d'Ele!... Meus filhos, eu vos vejo casados lá no futuro!...

– Oh!... eis aí outra vez o delírio!... disse a velha vendo a exaltação e o semblante afogueado[191] do enfermo.

– Não, minha mãe, continuou ele, não! não é delírio... Pois o quê!... não pode o Eterno abençoar a virtude pela minha boca?... Oh meus meninos! Deus paga sempre a esmola que se dá ao pobre!... ainda uma vez... lá no futuro... vós o sentireis.

Nós estávamos espantados; o rosto do ancião se havia tornado rubro, seus olhos flamejantes... Seus lábios tremiam convulsivamente, sua mão rugosa tinha três vezes nos abençoado.

Escutando suas palavras, eu acreditei que estávamos ouvindo uma profecia infalivelmente realizável, pronunciada por um inspirado do Senhor.

Não parou aí a nossa admiração. O doente, cujas forças pareciam haver reaparecido subitamente, apoiando-se sobre um dos cotovelos, abriu a gaveta de uma mesa, que estava junto de seu leito, e tirando de uma pequena e antiga caixa dois breves[192], os deu à velha, dizendo:

– Minha mãe, descosa[193] esses dois breves.

A velha, obedecendo pontualmente, os descoseu com prontidão. Os breves eram dois: um verde e outro branco.

Depois o ancião, voltando-se para mim, disse:

– Menino! que trazeis convosco que possais oferecer a esta menina?...

Eu corri com os olhos tudo que em mim havia e só achei, para entregar ao admirável homem que me falava, um lindo alfinete de camafeu[194], que meu pai me tinha dado para trazer ao peito e, maquinalmente, pus-lhe nas mãos o meu camafeu.

O velho quebrou o pé do alfinete e dando-o a sua mãe, acrescentou:

– Minha mãe, cosa[195] dentro do breve branco este camafeu.

E voltando-se para minha bela camarada, continuou:

– Menina! que trazeis convosco que possais oferecer a este menino?...

A menina, atilada[196] e viva, como que já esperando tal pergunta, entregou-lhe um botão de esmeralda que trazia em sua camisinha.

O velho o deu à sua mãe, dizendo:

– Minha mãe, cosa esta esmeralda dentro do breve verde.

---

191. afogueado – que está muito quente; pegando fogo.
192. breves – objeto de devoção formado por dois pequenos quadrados de pano bento (popularmente conhecido como escapulário). É unido por duas fitas e os devotos os levam no pescoço.
193. descoser – desfazer uma costura; descosturar.
194. camafeu – pedra fina com duas camadas diferentes na cor, na qual uma leva gravado um desenho em relevo.
195. coser – dar pontos de agulha; costurar.
196. atilada – sagaz; esperta; com bom senso.

Quando as ordens do ancião foram completamente executadas, ele tomou os dois breves e, dando-me o de cor branca, disse-me:

– Tomais este breve, cuja cor exprime a candura[197] da alma daquela menina. Ele contém o vosso camafeu: se tendes bastante força para ser constante e amar para sempre aquele belo anjo, dai-lho, a fim de que ela o guarde com desvelo[198].

Eu mal compreendi o que o velho queria: ainda maquinalmente entreguei o breve à linda menina, que o prendeu no cordão de ouro que trazia ao pescoço.

Chegou a vez dela. O nosso homem deu-lhe o outro breve, dizendo:

– Tomai este breve, cuja cor exprime as esperanças do coração daquele menino. Ele contém a vossa esmeralda: se tendes bastante força para ser constante e amar para sempre aquele bom anjo, dai-lho, a fim de que ele o guarde com desvelo.

Minha bela mulher executou a insinuação do velho com prontidão, e eu prendi o breve ao meu pescoço com uma fita que me deram.

Quando tudo isto estava feito, o velho prosseguiu ainda:

– Ide, meus meninos; crescei e sede felizes! vós olhastes para minha mãe, olhastes para meus filhos, olhastes para mim, pobre e miserável, e Deus olhará para vós... ah! recebei a bênção de um moribundo!... recebi-a e saí para não vê-lo expirar...

Isto dizendo, apertou nossas mãos com ardor, eu senti, então, que o velho ardia; senti então, que seu bafo era como vapor de água fervendo, que sua mão era uma brasa que queimava... Sinto ainda sobre meus dedos o calor abrasador dos seus e agora compreendo que, com efeito, ele delirava quando assim praticou com duas crianças.

Enfim, nós deixamos aquela morada aflitos e admirados. Sós, nós pensamos no velho e choramos juntos; depois, nas crianças, isto não merece reparo, nossa dor se mitigou[199], para cuidarmos em brincar outra vez.

De repente, a menina olhou para mim e disse:

– E quando minha mãe perguntar pela minha esmeralda?...

Eu cuidei que lhe respondia, e fiz-lhe igual pergunta:

– E quando meu pai perguntar pelo meu camafeu?

Ficamos olhando um para o outro; passados alguns instantes, minha linda mulher, que me parecera estar pensando, disse sorrindo-se:

– Eu vou pregar uma mentira.

– E qual?...

– Eu direi à minha mãe que perdi a minha esmeralda na praia.

– E eu responderei a meu pai que perdi o meu camafeu nas pedras.

– Eles mandarão procurar, sem dúvida...

– E não o achando, esquecer-se-ão disso.

– E os breves?... Nós os guardaremos?...

– O velho disse que sim.

– Para que será isto?...

197. candura – pureza; ingenuidade da alma.
198. desvelo – cuidado; carinho; dedicação; objeto que é guardado com sentimento.
199. mitigar – suavizar, diminuir.

– Diz que é para nos casarmos quando formos grandes.

– Pois então nós os guardaremos.

– Oh! eu o prometo.

– Eu o juro.

Neste momento soou ave-maria.

– Tão tarde! exclamou a menina... minha mãe ralhará[200] comigo!

E, dizendo isto, correu, esquecendo-se até de despedir-se de mim. Esse fatal descuido acabava de entristecer-me, quando ela, já de longe, voltou-se para onde eu estava e, mostrando-me o breve branco, gritou:

– Eu o guardarei!

Pela minha parte entendi dever dar-lhe igual resposta, e, pois, mostrei-lhe o meu breve verde e gritei-lhe também:

Eu o guardarei!...

Aqui parou Augusto para respirar, tão cansado estava com a longa narração; porém ergueu-se logo, ouvindo ruído à entrada da gruta.

– Alguém nos escuta! disse ele.

– Foi talvez uma ilusão! respondeu a digna hóspeda.

– Não, minha senhora; eu ouvi distintamente a bulha[201] que faz uma pessoa que corre, tornou Augusto, dirigindo-se à entrada da gruta e observando em derredor dela.

– Então?... perguntou a Sra. D. Ana.

– Enganei-me, na verdade.

– Mas vê alguma pessoa?...

– Apenas lá vejo sua bela neta, a Sra. D. Carolina, pensativa e recostada[202] à efígie[203] da Esperança.

200. ralhar – repreender gritando; falar em voz alta; dar bronca.
201. bulha – ruído; barulho.
202. recostar – encostar; apoiar; deitar.
203. efígie – representação em forma de estátua de algo ou alguém.

# VIII

# Augusto prosseguindo

A avó de Filipe quis tomar, por sua vez, a palavra; porém o estudante lhe fez ver que ainda muito faltava para o fim de suas histórias, e voltando de novo ao seu lugar, continuou:

– O acontecimento que acabo de relatar, minha senhora, produziu vivíssima impressão no meu espírito; ajudado por minha memória de menino de treze anos, apenas entrei em casa escrevi, palavra por palavra, quanto me havia acontecido. Isto me tirou o trabalho de mentir, porque, adormecendo sobre o papel que acabava de escrever, meu pai o leu à sua vontade e soube o destino do camafeu, sem precisar que eu lho dissesse. Ele ainda estava junto de mim quando despertei, exclamando: – o meu breve!... o velho!... minha mulher!...

– Anda, doidinho, disse-me meu pai com bondade; eu te perdoo as novas loucuras, em louvor da ação que praticaste, socorrendo um velho enfermo; agora, guarda, eu to peço, e mesmo to mando: guarda melhor esse breve do que guardaste o camafeu.

E isto dizendo, deixou-me.

Não se falou mais nesse acontecimento; soube que o velho morrera no dia seguinte e que no momento da agonia abençoara de novo a minha camarada e a mim.

Meu pai fez todas as despesas do enterro do velho e socorreu sua desgraçada família.

Eu nunca mais vi, nem soube notícia alguma de minha interessante camarada, mas nem por isso a esqueci, minha senhora... porque, ou seja que meu coração a tivesse amado deveras, ou que esse breve tivesse em si alguma coisa de encantador, o certo é que eu ainda hoje me lembro com saudade dessa criança tão travessa, porém tão bela. Sem saber seu nome, pois nem lho perguntei, nem ela mo disse, quando quero falar a seu respeito, digo: minha mulher! Riem-se? não me importo: eu não posso dizer de outro modo.

Sempre com sua imagem na minh'alma, com seu engraçado sorriso diante de meus olhos, com suas sonoras palavras soando a meus ouvidos, passei cinco anos pensando nela de dia, e com ela sonhando de noite; era uma loucura, mas que havia eu de fazer?...Cheguei assim aos meus dezoito anos.

Eu já era, pois, mancebo. Meus pais nada poupavam para me educar convenientemente aprendia quanto me vinha à cabeça; diziam que minha voz era sonora, e por tal convidavam-me para cantar em elegantes sociedades; julgavam que eu dançava com graça e lá ia eu para os bailes; finalmente, como cheguei a fazer algumas quadras, pediam-me para recitar sonetos em dias de anos, e assim introduziram-me em mil reuniões, onde as belezas formigavam e os amores eram dardejados[204] por brilhantes olhos de todas as cores. Além disto frequentava as casas de meus companheiros de estudos e os ouvia contar proezas de paixões, triunfos e derrotas amorosas. Meu amor--próprio se despertou; tive vontade de amar e ser amado.

Julguei esta minha determinação ainda mais justa, pois tendo ido passar certas férias na roça, e lá falando mil vezes no meu breve e em minha mulher, ouvi a minha mãe dizer uma vez, em que me julgava longe:

– Temo que esse breve tire o juízo àquele menino; talvez que nos seja preciso casá-lo cedo.

Portanto, para não ouvir somente, mas também para contar alguma vitória de amor, para não endoidecer por causa do breve e, finalmente, para não ser necessário à minha mãe casar-me cedo, determinei-me a amar.

– Esqueceu-se, por consequência, de sua mulher e do seu breve?! perguntou a Sra. D. Ana, interrompendo Augusto.

– Ao contrário, minha senhora, tornou este; foi essa minha resolução que me tornou mais firme e mais amante de minha mulher.

– Não sei, continuou Augusto, que teve o amor comigo, para entender que todas as moças deviam rir-se de mim e zombar de meus afetos! Pensa que brinco, minha senhora?... pois foi isso mesmo o que me sucedeu no decurso de minhas paixões. Eu resumo algumas.

– A primeira moça que amei era uma bela moreninha, de dezesseis anos de idade. Fiz-lhe a minha declaração na carta mais patética que um pateta poderia conceber, no fim de três dias recebi uma resposta abrasadora[205] e cheia de protestos de gratidão e ternura; meu coração se entusiasmou com isso... Na primeira reunião de estudantes contei a minha vitória, li a minha carta e a resposta que havia recebido: fui vivamente aplaudido; porém, oito dias depois, os mesmos estudantes quase que me quebraram a cabeça com cacholetas[206] e gargalhadas, porque oito dias, bem contadinhos, depois dessa resposta, a minha terna amada casou-se com um velho de sessenta anos. Jurei não amar moça nenhuma que tivesse a cor morena.

Apaixonei-me logo e fui, desgraçadamente, correspondido por uma interessante jovem tão coradinha, que parecia mesmo uma rosa francesa. Nós nos encontrávamos nas noites dos sábados em certa casa, onde se dava todas as semanas uma partida; era a mais agradável sabatina que podia ter um estudante; porém o meu novo amor chegava a ser tocante demais: a minha querida levava o ciúme até um ponto que atormentava prodigiosamente:

204. dardejados – irradiante, vibrante, no sentido de ser acertado pelos "dardos" que nesse contexto seriam os olhares de diferentes moças.

205. abrasadoro – ardente; que queima.

206. cacholeta – pancada leve na cabeça dada com a mão ou com algum objeto; censurar alguém.

se passava algum dia em que a não visse e lhe não mandasse uma flor, aparecia-me depois chorosa e abatida; se na tal partida eu me atrevia a dançar com alguma outra moça bonita, era contar com um desmaio certo, e desmaio de que não acordava sem que eu mesmo lhe chegasse ao nariz o seu vidrinho de essência de rosas; e tudo mais por este teor e forma. Este amor já estava um pouco velho, certamente, tinha três meses de idade. Um sábado mandei-lhe prevenir que faltaria à partida; mas, tendo terminado cedo meus trabalhos, não pude resistir ao desejo de vê-la e fui à reunião; eram onze horas da noite, quando entrei na sala, procurei-a com os olhos e certo moço, com quem me dava, que me entendeu, apontou para um gabinete vizinho. Voei para ele.

Ela estava sentada junto de um mancebo e com as costas voltadas para a porta: tomavam sorvetes. Cheguei-me de manso: conversavam os dois, sem vergonha nenhuma, em seus amores!... Fiquei espantado e tanto mais que, pelo que ouvi, eles já se correspondiam há muito tempo; mas o meu espanto se tornou em fúria quando ouvi o machacaz[207] falar no meu nome, fingindo-se zeloso, e receber em resposta as seguintes palavras: – O Augustozinho?... Lamente-o antes, coitado! é um pobre menino com quem me divirto nas horas vagas!... Soltei um surdo gemido; a traidora olhou para mim e, voltando-se depois para o seu querido, disse com o maior sangue-frio: – Ora aí tem! perdi por sua causa este divertimento.

Jurei não amar moça nenhuma de cor rosada. Sem emendar-me, ainda tornei-me cego amante de uma jovem pálida, e, como das outras vezes, fui correspondido com ardor; mas desta tive eu provas de afeto muito sérias. Antes de ver-me, ela amava um primo e até escrevia-lhe a miúdo; eu exigi que a minha terceira amada continuasse a receber cartas dele e que as respondesse; consenti nisso, com a condição de lhe redigir eu as respostas. Belo! disse eu comigo: vou também divertir-me por minha vez à custa de um amante infeliz!

E o negócio ficou assentado[208].

Infelizmente eu não conhecia o primo da minha amada, mas essa era a infelicidade mais tolerável possível.

Um dia tratamos de encontrar-nos em certa igreja, onde tinha de haver esplêndida festa; cheguei cedo, mas, logo depois da minha chegada, rebentou uma tempestade e choveu prodigiosamente. Pouco durou o mau tempo, porém as ruas deveriam ter ficado alagadas e a bela esperada não podia vir; apesar disso eu olhava a todos os momentos para a porta e, coisa notável, sempre encontrava os olhos de um outro moço, que se dirigiam também para lá; finalmente, já nos ríamos de semelhante coincidência; acabada a festa, ambos nos aproximamos.

– Nós devemos ser amigos, disse ele.

– Eu penso do mesmo modo, respondi.

E apertamos as mãos.

207. machacaz – indivíduo encorpado, porém bobo; espertalhão.
208. assentado – firmado; combinado.

– Sou capaz de jurar que adivinho a razão por que o senhor olhava tanto para aquela porta, continuou ele.

– E eu também.

– Convenho: esperávamos ambos as nossas amadas e a chuva mangou conosco.

– Exatamente.

– Mas nós vamos, sem dúvida, vingar-nos, indo agora vê-las à janela.

– Eu queria propor a mesma vingança.

– Bravo!... iremos juntos... onde mora a sua?...

– Na rua de...

– Ainda melhor... a minha é na mesma rua.

Saímos da igreja, embraçamo-nos e fomos. A minha amada morava perto, eu avistei-a debruçada na janela, talvez me esperando, pois olhava para o lado donde eu vinha; abri a boca para dizer ao meu novo amigo: é aquela!... quando ele me pronunciou com indizível prazer a mesma coisa!... Julgue, minha senhora, da minha exasperação! pela terceira vez eu era a boneca de uma menina!...

Não sei por que ainda tive ânimo de tirar o meu chapéu à tal pálida, que ao menos dessa vez se fez cor-de-rosa, talvez por ver-me de braço com o meu novo amigo.

Passando a maldita casa, Jorge, que assim se chamava o moço, disse-me com fogo:

– Aquela jovem adora-me!

– Está certo disso, meu amigo?

– Tenho provas.

– Acredita muito nelas?

– Tenho as mais fortes; por último recebi ainda e de maior confiança... eu lhe conto. Um estudante a requestou e escreveu-lhe; ela mandou-me a carta, e eu respondi em seu lugar. A correspondência tem continuado por minha vontade e sou eu quem sempre faço a norma das cartas que ela deve escrever; achará isto imprudência, e eu acho um belo divertimento.

– Sim... um belo divertimento.

– Mas que é isso? está tão pálido!...

– Não é coisa de cuidado... Eu... ora... o estudante...

– É por certo um famoso pateta...

– Não é bom ir tão longe...

– Não tem dúvida... é tolo rematado[209].

– Fale-me a verdade: eu acho aquela moça com cara de ser sua prima.

– Quem lhe disse?... é, com efeito, minha prima!

– Pois vamos à minha casa.

– E a sua amada?...

– Não me fale mais nela.

Apenas chegamos à minha casa, abri a minha gaveta, e tirando dela todas as cartas que Jorge havia escrito à sua prima, e que ela me tinha

209. rematado – completo.

mandado, assim como as normas que eu redigira para as que deveriam ser enviadas ao meu amigo, acrescentei:

– Concordemos ambos que, se o estudante foi um famoso pateta e um tolo rematado, não o foi menos o primo daquela senhora a quem cortejamos na rua de...

Jorge devorou todas as cartas e normas que lhe dera; depois desatou a rir e, abraçando-me, exclamou:

– Concordemos também, caro estudante, que minha prima tem bastante habilidade para se corresponder com meio mundo, sem se incomodar com o trabalho da redação de suas cartas!...

O bom humor de Jorge tornou-me alegre. Jantamos juntos, rimo-nos todo o dia, e só de noite se retirou.

Tratei de dormir, mas, antes de adormecer, falei ainda comigo mesmo: juro que não hei de amar moça nenhuma de cor pálida.

Desde então declarei guerra ao amor, minha senhora; tornei-me ao que era dantes, isto é, ocupei-me somente em me lembrar de minha mulher e em beijar o meu breve.

Mas eu andava triste e abatido e às vezes pensava assim: – ora pois, jurei não amar a moça nenhuma que fosse morena, corada ou pálida; estas são as cores; estes são os tipos da beleza... e, portanto, minha mulher terá, a pesar meu, uma das tais cores; logo não me caso com minha mulher e, em última conclusão, serei celibatário[210], vou ser... frade... frade!...

Minha tristeza, meu abatimento deu nos olhos da digna, jovial e espirituosa esposa de um de meus bons amigos. Ela me pediu que lhe confiasse as minhas penas e eu não pude deixar de relatar estes três fatos à consorte de um caro amigo.

A única consolação que tive foi vê-la correr para o piano, e ouvi-la cantar as seguintes e outras quadrinhas[211] musicadas no gosto nacional:

I

Menina solteira
Que almeja casar,
Não caia em amar
A homem algum;
Nem seja notável
Por sua esquivança[212],
Não tire a esperança
De amante nenhum.

210. celibatário – aquele que é celibato, ou seja, é solteiro e não tem a intenção de casar ou não o pode.
211. quadrinhas – estrofe de quatro versos, quarteto.
212. esquivança – evitamentode relações, insociabilidade.

II

Mereçam-lhes todos
Olhares ardentes,
Suspiros ferventes
Bem pode soltar:
Não negue a nenhum
Protestos de amor;
A qualquer que for
O pode jurar.

III

Os velhos não devem
Formar exceção,
Porquanto eles são
Um grande partido;
Que em falta de moço
Que fortuna faça,
Nunca foi desgraça
Um velho marido.

IV

Ciúmes e zelos,
Amor e ternura,
Não será loucura
Fingida estudar;
Assim ganhar tudo
Moças, se tem visto;
Serve muito isto
Antes de casar.

V

Contra os ardilosos[213]
Oponha seu brio[214]:
Tenha sangue-frio
Pra saber fugir;
Em todos os casos
Sempre deve estar
Pronta pra chorar,
Pronta pra rir.

213. ardilosos – astucioso; esperto.
214. brio – valor; generosidade.

VI

Pode bem a moça,
Assim praticando,
Dos homens zombando,
A vida passar;
Mas, se aparecer
Algum toleirão[215],
Sem mais reflexão,
É logo casar.

– Então o negócio é assim, minha senhora? exclamei eu, ao vê-la levantar-se do piano.

– Certamente, me respondeu ela; é este, pouco mais ou menos, o breviário[216] por onde reza a totalidade das moças.

– Fico-lhe extremamente agradecido pelo desengano.

– Estimo que lhe sirva de muito.

– Já serve, minha senhora; já tirei grande proveito dele.

– E como?...

– Escute: abatido e desesperado com os meus infortúnios, eu tinha jurado não amar a mais nenhuma moça que fosse morena, corada ou pálida; estavam, pois, esgotados os belos tipos... eu deveria morrer celibatário.

– E agora?...

– Agora?... graças ao seu lundu[217], juro que de hoje avante amarei a todas elas... morenas, coradas, pálidas, magras e gordas, cortesãs ou roceiras, feias ou bonitas... tudo serve. E, com efeito, minha senhora, continuou Augusto, dirigindo-se à Sra. D. Ana, fiz-me abso lutamente um ser novo, graças ao lundu; guardando e beijando com desvelo o meu querido breve, que sempre comigo trago, eu conservo a lembrança mais terna e constante de minha travessa, bela e amada mulher: ela é o amor de meu coração, enquanto todas as outras são divertimentos dos meus olhos e o passatempo de minha vida. Eis, finalmente, a história de meus amores!... Tais foram as razões que me tornaram borboleta de amor.[218]

Terminando assim, Augusto ia respirar um instante, quando pela segunda vez lhe pareceu ouvir ruído na porta da gruta.

– Alguém nos escuta, disse ele, como da outra vez.

– É talvez uma nova ilusão... respondeu a digna hóspeda.

– Não, minha senhora; eu ouvi distintamente a bulha de uma pessoa que corre, tornou Augusto, dirigindo-se à entrada da gruta e observando ao derredor dela.

215. toleirão – grande tolo; pateta; palerma.
216. breviário – livro de orações que deve ser lido todos os dias pelos clérigos.
217. lundu – canção solista, em geral de caráter cômico.
218. borboleta de amor – pessoa volúvel e leviana no amor, ou seja, temos neste excerto o uso de uma metáfora escolhida pelo autor.

– Então?... perguntou a Sra. D. Ana.

– Enganei-me, na verdade.

– Mas vê alguém?...

– Apenas lá vejo a sua bela neta, a Sra. D. Carolina, que se precipita com a maior graça do mundo sobre uma borboleta que lhe foge e que ela procura prender.

– Uma borboleta...

# IX

# A Sra. D. Ana com suas histórias

Finalmente, o bom do estudante que, quando lhe dava para falar, era mais difuso que alguns de nossos deputados novos na discussão do art. 1º dos orçamentos, julgou dever fazer pausa de suspensão; mas a Sra. D. Ana, que já tinha-o por vezes interrompido fora de tempo e debalde, não quis tomar a palavra para responder, sem segurar-se, dirigindo-lhe estas palavras pela ordem:

– Então concluiu, Sr. Augusto?...

– Sim, minha senhora; e peço-lhe perdão por me haver tornado incômodo, pois fui, sem dúvida, tão minucioso em minha narração que eu mesmo tanto me fatiguei, que vou beber uma gota d'água.

E isto dizendo, foi ao fundo da gruta, e enchendo o copo de prata na bacia de pedra, o esgotou até ao fim; quando voltou os olhos, viu que a boa hóspeda estava rindo-se maliciosamente.

– Sabe de que estou rindo?... disse ela.

– Certamente que não o adivinho.

– Pois estava neste momento lembrando-me de uma tradição muito antiga, seguramente fabulosa, mas bem aproveitada dessa fonte, e que tem muita relação com a história de seus amores e com o copo d'água que acaba de beber.

– V. Sa. põe em tributo[219] a minha curiosidade...

– Eu o satisfaço com todo o prazer.

A Sra. D. Ana principiou.

219. pôr em tributo – pôr em privação ou em dívida.

*As lágrimas de amor*

– Eu lhe vou contar a história das lágrimas de amor, tal qual a ouvi de minha avó, que em pequena a aprendeu de um velho gentio[220] que nesta ilha habitava.

Era no tempo em que ainda os portugueses não haviam feito a descoberta da Terra de Santa Cruz. Esta pequena ilha abundava de belas aves e em derredor pescava-se excelente peixe. Uma jovem tamoia, cujo rosto moreno parecia tostado pelo fogo em que ardia-lhe o coração, muito linda e sensível, tinha por habitação esta rude gruta, onde ainda então não se via a fonte que hoje vemos. Ora, ela, que até aos quinze anos era inocente como a flor, e por isso alegre e folgazona[221] como uma cabritinha nova, começou a fazer--se tímida e depois triste, como o gemido da rola[222]; a causa disto estava no agradável parecer de um mancebo da sua tribo, que diariamente vinha caçar ou pescar na ilha, e vinte vezes já o havia feito, sem que uma só desse fé dos olhares ardentes que lhe dardejava a moça. O nome dele era Aoitin; o nome dela era Ahy. A pobre Ahy, que sempre o seguia, ora lhe apanhava as aves que ele matava, ora lhe buscava as flechas disparadas, e nunca um só sinal de reconhecimento obtinha; quando no fim de seus trabalhos, Aoitin ia adormecer na gruta, ela entrava de manso e com um ramo de palmeira procurava, movendo o ar, refrescar a fronte do guerreiro adormecido. Mas tantos extremos eram tão mal pagos, que Ahy, de cansada, procurou fugir do insensível moço e fazer por esquecê-lo; porém, como era de esperar, nem fugiu-lhe nem o esqueceu.

Desde então tomou outro partido: chorou. Ou porque sua dor era tão grande que lhe podia exprimir o amor em lágrimas desde o coração até aos olhos, ou porque, selvagem mesma, ela já tinha compreendido que a grande arma da mulher está no pranto, Ahy chorou.

E porque também nas lágrimas de amor há, como nas da saudade, uma doce amargura, que é veneno que não mata, por vir sempre temperado com o reativo da esperança, a moça julgou dever separar da dor, que a fazia chorar amargores, a esperança que no pranto lhe adicionava a doçura, e, tendo de exprimir a doçura, Ahy cantou.

Seu canto era triste e selvagem, mas terno canto. Dizem que um velho frade português, ouvindo-o por tradição depois de muitos anos, o traduziu para a nossa língua e fez dele uma balada[223], a qual minha neta canta.

Todos os dias, ao romper da aurora, a pobre Ahy subia ao rochedo, que serve de teto a esta gruta, e esperava a piroga[224] de Aoitin. Mal a avistava ao longe, chorava e cantava horas inteiras, sem descanso, até que se partia o

220. gentio – indivíduo não civilizado; pagão.
221. folgazona – aquele que gosta de brincar, rir; jovial; aquele que não gosta de trabalhar.
222. rola – ave um pouco menor que uma pomba.
223. balada – originou-se na Europa. Era uma poesia popular musicada que narrava lendas ou acontecimentos reais; normalmente possui três estrofes com o mesmo refrão.
224. piroga – embarcação veloz feita de tronco de árvore, usada por índios com remos ou pequenas velas.

bárbaro que nunca dela dera fé, nem mesmo quando, dormindo na gruta, o canto soava sobre a sua cabeça.

Mas Ahy era tão formosa e sua voz tão sonora e terna, que o mesmo não pôde vencer do insensível moço, pôde do bruto rochedo; com efeito, seu canto havia amolecido a rocha e suas lágrimas a transpassaram.

E o mancebo vinha sempre, ela cantava e chorava, e nunca ele atendia.

Uma vez, e já então o rochedo estava todo transpassado pelas lágrimas da virgem selvagem, uma vez veio Aoitin e, como das outras, não olhou para Ahy, nem lhe escutou as sentidas cantigas; entregou-se a seus prazeres e, quando se sentiu fatigado, entrou na gruta e adormeceu num leito de verde relva; mas, ao tempo que em mais sossego dormia, duas gotas das lágrimas de amor, que tinham passado através do rochedo, caíram-lhe sobre as pálpebras, que lhe cerravam os olhos. Aoitin despertou; e tomando suas flechas, correu para o mar, mas, saltando dentro de sua piroga e afastando-se da ilha, ele viu sobre o rochedo a jovem Ahy e disse bem alto:

– Linda moça!

– No outro dia ele voltou e já, então, olhou para a virgem selvagem, mas não ouviu ainda o canto dela; depois de caçar veio, como sempre, adormecer na gruta; e, dessa vez, a gota de lágrima lhe veio cair no ouvido; na volta não só admirou a beleza da jovem, como, ouvindo a terna cantiga, disse bem alto:

– Voz sonora!

Terceiro dia amanheceu e Aoitin viu e ouviu Ahy; caçou e cansou, veio repousar na gruta, e dessa vez a gota de lágrima lhe caiu no lugar do coração e, quando voltava, disse bem alto:

– Sinto amar-te!

Ora, parece que nada mais faltava a Ahy, e que a ela cumpria responder a este último grito de Aoitin, confessando também o seu amor tão antigo; mas a natureza da mulher é a mesma, tanto na selvagem como na civilizada: a mulher deseja ser amada, fingindo não amar; deseja ser senhora do mesmo de quem é escrava, e pois Ahy nada respondeu; mas riu-se, suas lágrimas secaram; porém já a este tempo as muitas que havia derramado tinham dado origem a esta fonte, que ainda hoje existe.

No dia seguinte veio Aoitin, e viu a sua amada, que já não cantava, nem chorava; mesmo antes de chegar à praia, foi clamando:

– Sinto amar-te!

E Ahy não respondeu e só sorriu-se.

Nada de caça... nada de pesca... já o insensível era escravo e não vivia longe do encanto que o prendia: correu, pois, para a gruta, deitou-se, mas não dormiu. Quem ama não dorme; sentiu que em suas veias corria sangue ardente, que seu coração estava em fogo: – era a febre do amor. Aoitin teve sede, a dois passos viu a fonte que manava[225]; correu açodado para ao pé dela e, ajuntando suas mãos, foi bebendo as lágrimas de amor. A cada trago

225. manar – brotar líquido; jorrar; criar nova fonte.

que bebia, um raio de esperança lhe brilhava, e quando a sede foi saciada, já estava feliz: a fonte era milagrosa.

As lágrimas de amor, que haviam tido o poder de tornar amante o insensível mancebo, não puderam esconder a sua origem e fizeram com que Aoitin conhecesse que era amado.

Então ele não mais buscou sua piroga. Saindo da gruta, fez um rodeio e foi, de manso, trepando pelo rochedo, até chegar junto de Ahy, que, com os olhos na praia do lado oposto, esperava ver partir o seu amante e ouvir o seu belo grito: Sinto amar-te!

Mas de repente ela estremeceu, porque uma mão estava sobre seu ombro; e quando olhou viu Aoitin, que, sorrindo-se, lhe disse num tom seguro e terno:

– Tu me amas!?

Ahy não respondeu, mas também não fugiu dos braços de Aoitin, nem ficou devendo o beijo que nesse instante lhe estalou na face.

Desde então foram felizes ambos na vida e foi numa mesma hora que morreram ambos.

A fonte nunca mais deixou de existir e há ainda quem acredite que por desconhecido encanto conserva duas grandes virtudes...

Dizem, pois, que quem bebe desta água não sai da nossa ilha sem amar alguém dela e volta, por força, em demanda do objeto amado. E em segundo lugar, querem também alguns que algumas gotas bastam para fazer a quem as bebe adivinhar os segredos de amor.

– Terminei aqui a minha história, disse a Sra. D. Ana, respirando.

– E eu sou capaz de jurar, disse Augusto, que pela terceira vez sinto ruído de alguém que se retira correndo.

– Pois examine depressa.

Augusto correu à porta e voltou logo depois.

– E então?... perguntou a Sra. D. Ana.

– Ninguém, respondeu o estudante.

– E vê alguém no jardim?...

– Apenas a Sra. D. Carolina, que vai apressadamente para o rochedo.

– Sempre minha neta!...

– E eu, minha senhora, tenho que pedir-lhe uma graça.

– Diga.

– Rogo-lhe que, por sua intervenção, me facilite o prazer de ouvir sua linda neta cantar a balada de Ahy, que tanto me interessou com o seu amor.

– Oh!... não carece pedir... não a ouve cantar... sobre o rochedo?... É a balada.

– Será possível?!

– Adivinhou o seu pensamento.

# X

# A balada no rochedo

A hóspeda e o estudante deixaram então a gruta e, tomando campo no jardim para vencer a altura do rochedo, viram a bela Moreninha em pé e voltada para o mar, com seus cabelos negros divididos em duas tranças que caíam pelas espáduas, e cantando com terna voz o seguinte:

I

Eu tenho quinze anos
E sou morena e linda!
Mas amo e não me amam,
E tenho amor ainda:
E por tão triste amar,
Aqui venho chorar.

II

O riso[226] de meus lábios
Há muito que murchou;
Aquele que eu adoro
Ah! foi quem o matou:
Ao riso, que morreu,
O pranto sucedeu.

III

O fogo de meus olhos
De todo se acabou,
Aquele que eu adoro
Foi quem o apagou:
Onde houve fogo tanto
Agora corre o pranto.

IV

A face cor de jambo
Enfim se descorou,
Aquele que eu adoro

226. riso – sorriso.

Ah! foi quem a desbotou:
A face tão rosada
De pranto está lavada!

V

O coração tão puro
Já sabe o que é amor,
Aquele que eu adoro
Ah! só me dá rigor:
O coração no entanto
Desfaz o amor em pranto.

VI

Diurno aqui se mostra
Aquele que eu adoro;
E nunca ele me vê,
E sempre o vejo e choro;
Por paga a tal paixão
Só lágrimas me dão!

VII

Aquele que eu adoro
É qual rio que corre,
Sem ver a flor pendente
Que à margem murcha e morre:
Eu sou a pobre flor
Que vou murchar de amor.

VIII

São horas de raiar
O sol dos olhos meus;
Mau sol! queima a florzinha
Que adora os olhos seus:
Tempo é do sol raiar
E é tempo de chorar.

IX

Lá vem sua piroga
Cortando leve os mares,
Lá vem uma esperança,
Que sempre dá pesares:
Lá vem o meu encanto,
Que sempre causa pranto.

**X**

Enfim abica[227] à praia;
Enfim salta apressado,
Garboso como o cervo
Que salta alto valado:
Quando há de ele cá vir
Só pra me ver sorrir?...

**XI**

Lá corre em busca de aves
A selva que lhe é cara,
Ligeiro como a seta
Que do arco seu dispara:
Quando há de ele correr
Somente pra me ver?

**XII**

Lá vem do feliz bosque
Cansado de caçar,
Qual beija-flor, que cansa
De mil flores beijar:
Quando há de ele cansado,
Descansar a meu lado?...

**XIII**

Lá entra para a gruta,
E cai na rude cama,
Qual flor de belas cores,
Que cai do pé na grama:
Quando há de nesse leito
Dormir junto a meu peito?

**XIV**

Lá súbito desperta,
E na piroga embarca,
Qual sol que, se ocultando,
O fim do dia marca:
Quando hei de este sol ver
Não mais desaparecer?

**XV**

Lá voa na piroga,
Que o rasto deixa aos mares,

227. abicar – aportar; parar; atracar.

Qual sonho que se esvai
E deixa após pesares:
Quando há de ele cá vir
Pra nunca mais fugir?...

### XVI

Oh bárbaro! tu partes
E nem sequer me olhaste?
Amor tão delicado
Em outra já achaste?
Oh bárbaro! responde
Amor como este, aonde?

### XVII

Somente pra teus beijos
Te guardo a boca pura;
Em que lábios tu podes
Achar maior doçura?...
Meus lábios murchareis,
Seus beijos não tereis!

### XVIII

Meu colo alevantado
Não vale teus abraços?...
Que colo há mais formoso,
Mais digno de teus braços?
Ingrato! morrerei...
E não te abraçarei.

### XIX

Meus seios entonados
Não podem ter valia?
Desprezas as delícias
Que neles te oferecia?
Pois hão de os seios puros
Murcharem prematuros?

### XX

Não sabes que me chamam
A bela do deserto?...
Empurras para longe
O bem que te está perto!
Só pagas com rigor
As lágrimas de amor?...

XXI

E, se amanhã vieres,
Em pé na rocha dura
'Starei cantando aos ares
A mal paga ternura...
Cantando me ouvirás,
Chorando me acharás!...

XXII

Ingrato! ingrato! foge...
E aqui não tornes mais,
Que, sempre que tornares,
Terás de ouvir meus ais:
E ouvir queixas de amor,
E ver pranto de dor!...

# XI

# Travessuras de D. Carolina

Mas ela não para: o movimento é a sua vida; esteve no jardim e em toda a parte; cantou de sobre o rochedo e ei-la outra vez no jardim! Infatigável[228], apenas suas faces se coraram com o rubor da agitação. Travessa menina!...[229] Porém, ela tempera todas as travessuras com tanta viveza, graça e espírito, que menos valera se não fizera o que faz. Não há um só, entre todos, de cuja alma se não tenham esvaído[230] as ideias desfavoráveis que, à primeira vista, produziu o

228. infatigável – incansável; que não se fatiga.

229. "Mas ela não para: o movimento é sua vida; esteve no jardim e em toda parte; cantou de sobre o rochedo e ei-la outra vez no jardim! Infatigável, apenas suas faces se coraram com o rubor da agitação. Travessa menina!..." – novamente notamos a presença do narrador na 3ª pessoa, ou seja, onisciente. Aqui e ali, ele se intromete um pouco na história, bancando o moralista. A importância para a obra e a repercussão no leitor é que a utilização deste tipo de narrador causa o aprofundamento psicológico das personagens, o que não ocorreria se o narrador não fosse onisciente ou em 1ª pessoa.

230. esvaído – dissipado; evaporado; esgotado

gênio inquieto de D. Carolina. O mesmo Augusto não pôde resistir à vivacidade da menina. Encontrando Leopoldo, disseram duas palavras sobre ela.

– Então, como a achas agora?... disse Leopoldo, apontando para a irmã de Filipe.

– Interessante, espirituosa e capaz de levar a glória ao mais destro[231] casuísta[232]. Olha, Fabrício vê-se doido com ela.

– Só isso?...

– Acho-a bonita.

– Nada mais?...

– Tem voz muito agradável.

– É tudo o que pensas?...

– Tem a boca mais engraçada que se pode imaginar.

– Só?...

– Muito esbelta.

– Que mais?

– É tão ligeira como um juramento de mulher.

– Dize tudo de uma vez.

– Pois que queres que eu diga?

– Que a amas!... que dás o cavaco por ela.

– Amá-la? não faltava mais nada! Amo-a como amo as outras... isso sim.

– Pois meu amigo, todos nós estamos derrotados: o diabinho da menina nos tem posto o coração em retalhos. Se, de novo, se fizer a saúde que hoje fizemos, todos, à exceção de Filipe, pronunciarão a letra C...

– Também Fabrício?

– Ora! esse está doente... perdido... doido, enfim!

– E ela?

– Zomba de todos nós; cada cumprimento que lhe endereçamos paga ela com uma resposta que não tem troco e que nos racha de meio a meio. Tu ainda não lhe disseste nada?

– Cousas vãs... e palavras da tarifa.[233]

– E ela?

– Palavras da tarifa... e cousas vãs.

– Pois é opinião geral que ela te prefere a todos nós.

– Tanto melhor para mim.

– E pior para ela, mas... adeus! o meu lindo par se levanta do banco de relva em que descansava; vou tomar-lhe o braço; tenho-me singularmente divertido: a bela senhora é filósofa!... faze ideia! Já leu Mary de Wollstonecraft[234] e, como esta defende os direitos das mulheres, agastou-se comigo, porque lhe pedi uma comenda[235] para

231. destro – astuto, ágil, hábil; aquele que tem habilidade com o lado direito do corpo.

232. casuísta – indivíduo que é dado à casuística, ou seja, aquele que doa seu tempo ao estudo de casos particulares em um grupo social que ou quem se dedica a resolver casos de consciência.

233. palavra da tarifa – palavras de costume, de práticas sociais, de uso social.

234. Mary de Wollstonecraft – uma das precursoras do movimento feminista, que viveu entre 1759 e 1797, e escreveu Apologia dos Direitos da Mulher.

235. comenda - distinção honorífica e correspondente a um grau de ordem militar; insígnia de comendador.

quando fosse Ministra de Estado, e a patente de cirurgião do exército, no caso de chegar a ser general; mas, enfim, fez as pazes; pois lhe prometi que, apenas me formasse, trabalharia para encartar-me[236] na Assembleia Provincial e lá, em lugar das maçadas de pontes, estradas e canais, promoveria a discussão de uma mensagem ao governo-geral, em prol dos tais direitos das mulheres, além de que... Mas... tu bem vês que ela me está chamando: adeus!... adeus!...

No entanto D. Carolina continuava a cativar todos os olhares e atenções; tinham notado, é verdade, que ela estivera alguns momentos recostada à efígie da Esperança, triste e pensativa. Fabrício jurava mesmo que a vira enxugar uma lágrima, mas logo depois desapareceu completamente a menor aparência de tristeza, tornando a brilhar-lhe o prazer em ebulição.

Todos tinham tido seu quinhão, maior ou menor, segundo os merecimentos de cada um, nas graças maliciosas da menina. Ninguém havia escapado: Fabrício era a vítima predileta, porque também foi ele o único que se atreveu a travar luta com ela.

Finalmente D. Carolina acabava de entrar outra vez no jardim, depois de ter cantado sua balada. De todos os lados soavam-lhe os parabéns, mas ela escapou a eles, correndo para junto de uma roseira toda coroada por suas belas e rubras flores.

Fabrício, que ainda não estava suficientemente castigado e que, além disto, começava a gostar seu *tantum*[237] da Moreninha, se dirigiu com D. Joaninha para o lado em que ela se achava.

– É decididamente o que eu pensava, disse Fabrício, quando se viu ao pé de D. Carolina; e dirigindo-se a D. Joaninha: sim... sua bela prima ama as rosas, exclusivamente.

– Conforme as ocasiões e circunstâncias, respondeu a menina.

– Poderia eu merecer a honra de uma explicação? perguntou Fabrício.

– Com toda a justiça e, continuou D. Carolina rindo-se, tanto mais que foi a V. Sa. que me dirigi. Eu queria dizer que, entre um beijo-de-frade ou cravo-de-defunto e uma rosa, não hesito em preferir a última.

Fabrício fingiu não entender a alusão e continuou:

– Todavia não é sempre bem pensada semelhante preferência; a rosa é como a beleza: encanta mais espinha! V. Sa. o sabe, não é assim?

– Perfeitamente, mas também não ignoro que a rosa só espinha quando se defende de alguma mão impertinente que vem perturbar a paz de que goza; V. Sa. o sabe, não é assim?

– Oh! então a Sra. D. Carolina foi bem imprudente em quebrar o pé dessa rosa com que brinca, expondo assim seus delicados dedos; e bem cruel também em fazê-la murchar de inveja, tendo-a defronte de seu formoso semblante.

– Pela minha vida, meu caro senhor! nunca vi pedir uma rosa com tanta graça: quer servir-se dela?

236. encartar – dar emprego privilegiado a alguém.
237. *tantum* – palavra do latim que significa tanto.

– Seria a mais apetecível[238] glória...

– Pois aqui a tem... Querida prima, nada de ciúmes.

E Fabrício, recebendo o belo presente, em vez de olhar para a mão que o dava, atentava em êxtase o rosto moreno e o sorrir malicioso de D. Carolina. Ao momento de se encontrar a mão que dava e a que recebia, Fabrício sentiu que lhe apertavam os dedos; seu primeiro pensamento foi crer que era amado mas logo se lhe apagou esse raio de vaidade, pois que ele retirou vivamente a mão, exclamando involuntariamente:

– Ai! feri-me!...

Era que a travessa lhe havia apertado os dedos contra os espinhos da rosa. Mas a flor tinha caído na relva, e Fabrício, já menos desconcertado, a levantou com presteza[239], e, encarando a irmã de Filipe, disse-lhe, em tom meio vingativo:

– Foi um combate sanguinolento[240], mas ganhei o prêmio da vitória.

– Pois feriu-se?... perguntou D. Carolina, chegando-se com fingido cuidado para ele.

– Nada foi, minha senhora: comprei uma rosa por algumas gotas de sangue... valeu a pena.

– Maldita rosa! exclamou a Moreninha, teatralmente... maldita rosa! eu te amaldiçoo!...

E dando um piparote[241] na inocente flor, a desfolhou completamente; não ficou na mão de Fabrício mais que o verde cálice. D. Carolina correu para junto de sua digna avó; o pobre estudante ficou desconcertado.

– E esta! murmurou ele, enfim.

– Foi muito bem feito! disse D. Joaninha, cheia de zelos e dando-lhe um beliscão, que o fez ir às nuvens.

– Perdão, minha senhora... seja pelo amor de Deus! exclamou Fabrício, que se via batido por todos os lados.

No entanto começava a declinar a tarde; uma voz reuniu todas as senhoras e senhores em um só ponto: serviu-se o café num belo caramanchão; mas como fosse ele pouco espaçoso para conter tão numerosa sociedade, aí só se abrigaram as senhoras, enquanto os homens se conservavam na parte de fora.

Escravas decentemente vestidas ofereciam chávenas de café fora do caramanchão, e, apesar disso, D. Carolina se dirigiu com uma para Fabrício, que praticava[242] com Augusto.

– Eu quero fazer as pazes, Sr. Fabrício; vejo que deve estar muito agastado comigo e venho trazer-lhe uma chávena de café temperado pela minha mão.

238. apetecível – que merece ser apetecido; desejável.
239. presteza – agilidade, com rapidez.
240. sanguinolento – em que há derramamento de sangue; sanguinário – note que nesse trecho há apenas uma alusão para intensificar a ato, com uso de ironia, pois não houve combate físico.
241. piparote – também conhecido como peteleco, é uma pequena pancada com a cabeça do dedo médio, curvando-o até lhe apoiar a unha sobre a cabeça do polegar e endireitando-o de repente.
242. praticava – no sentido de conversar com o outro.

Fabrício recuou um passo e colocou-se à ilharga[243] de Augusto, ele desconfiava das tenções[244] da menina: sua primeira ideia foi esta: o café não tem açúcar.

Então, começou entre os dois um duelo de cerimônias, que durou alguns instantes, e, finalmente, o homem teve de ceder à mulher. Fabrício ia receber a chávena, quando esta estremeceu no pires... D. Carolina, temendo que sobre ela se entornasse o café, recuou um pouco. Fabrício fez outro tanto, a chávena, inda mal tomada, tombou, e o café derramou-se inopinadamente[245]. Fabrício recuou ainda mais com vivacidade, mas, encontrando a raiz de um chorão[246] que sombreava o caramanchão[247], perdeu o equilíbrio e caiu redondamente na relva. Uma gargalhada geral aplaudiu o sucesso.

– Fabrício espichou-se completamente! exclamou Filipe.

O pobre estudante ergueu-se com ligeireza, mas, na verdade, corrido do que acabava de sobrevir-lhe; as risadas continuavam, as terríveis consolações o atormentavam; todas as senhoras tinham saído do caramanchão e riam-se, por sua vez, desapiedadamente[248]. Fabrício muito daria para se livrar dos apuros em que se achava, quando de repente soltou também a sua risada e exclamou:

– Vivam as calças de Augusto!

Todos olharam. Com efeito, Fabrício tinha encontrado um companheiro na desgraça. Augusto estava de calças brancas, e a maior porção de café entornado havia caído nelas.

Continuaram as risadas, redobraram os motejos[249]. Duas eram as vítimas.

# XII

# Meia hora embaixo da cama

Não tardou que Filipe, como bom amigo e hóspede, viesse em auxílio de Augusto.

Em verdade que era impossível passar o resto da tarde e a noite inteira com aquela calça, manchada pelo café; e, portanto, os dois estudantes voa-

243. à ilharga – ao lado; junto.
244. tenção – propósito; intento.
245. inopinadamente – inesperadamente; repentinamente.
246. chorão – pedaço de plantas caídas; plantas cujas hastes se inclinam e pendem de vasos ou paredes.
247. caramanchão – construção grosseira sem polimento, de ripas ou estacas, geralmente recoberta de planta trepadeira, situada em um parque ou jardim.
248. desapiedadamente – sem piedade; cruelmente.
249. motejo – zombaria; gracejo.

ram à casa. Augusto, entrando no gabinete destinado aos homens, ia tratar de despir-se, quando foi por Filipe interrompido.

– Augusto, uma ideia feliz! vai vestir-te no gabinete das moças.

– Mas que espécie de felicidade achas tu nisso?

– Ora! pois tu deixas passar uma tão bela ocasião de te mirares no mesmo espelho em que elas se miram!... de te aproveitares das mil comodidades e das mil superfluidades[250] que formigam no toucador[251] de uma moça?... Vai!... sou eu que to digo; ali acharás banhas e pomadas naturais de todos os países, óleos aromáticos, essências de formosura de todas as qualidades; águas cheirosas, pós vermelhos para as faces e para os lábios, baeta[252] fina para esfregar o rosto e enrubescer as pálidas, escovas e escovinhas, flores murchas e outras viçosas.

– Basta, basta; eu vou, mas lembra-te que és tu quem me fazes ir e que o meu coração adivinha...

– Anda, que o teu coração sempre foi um pedaço d'asno.[253]

E, isto dizendo, Filipe empurrou Augusto para o gabinete das moças e se foi reunir ao rancho delas.

Ai do pobre Augusto!... mal tinha acabado de tirar as calças e a camisa, que também se achava manchada, sentiu o rumor que faziam algumas pessoas que entravam na sala.

Augusto conheceu logo que eram moças, porque estes anjinhos, quando se juntam fazem, conversando, matinada[254] tal, que a um quarto de légua se deixam adivinhar; se é cediço e mesmo insólito compará-los a um bando de lindas maitacas[255], não há remédio senão dizer que muito se assemelham a uma orquestra de peritos instrumentais na hora da afinação.

Ora, o nosso estudante estava, por sua esdrúxula[256] figura, incapaz de aparecer a pessoa alguma; em ceroulas e nu da cintura para cima, faria recuar de espanto, horror, vergonha e não sei que mais, ao belo povinho que acabava de entrar em casa e que, certamente, se assim o encontrasse, teria de cobrir o rosto com as mãos; e, portanto, o pobre rapaz seguiu o primeiro pensamento que lhe veio à mente: ajuntou toda a sua roupa, enrolou-a, e com ela embaixo do braço escondeu-se atrás de uma linda cama que se achava no fundo do gabinete, cuidando que cedo se veria livre de tão intempestiva[257] visita; mas, ainda outra vez, pobre estudante! teve logo de agachar-se e espremer-se para baixo da cama, pois quatro moças entraram no quarto. E eram elas D. Joaninha, D. Quinquina, D. Clementina e uma

250. superfluidades – supérfluo; coisa de luxo, mas sem utilidade reconhecida.
251. toucador – espécie de mesa ou cômoda com espelho, onde ficam todos os apetrechos para pentear, maquiar e toucar. Popularmente conhecido como penteadeira.
252. baeta – tecido felpudo feito de lã.
253. pedaço d´asno – grande asno; tolo; bobo; estúpido.
254. matinada – madrugada à fora; evento na parte da manhã.
255. maitaca – mulher muito faladora; espécie de papagaio pequeno que fala muito.
256. esdrúxulo – esquisita; extravagante.
257. intempestivo – algo que não foi previsto, que não veio na hora certa.

outra por nome Gabriela, muito adocicada, muito espartilhada[258], muito estufada, e que seria tudo quanto tivesse vontade de ser, menos o que mais acreditava que era, isto é, bonita.

Depois que todas quatro se miraram, compuseram cabelos, enfeites e mil outros objetos que estavam todos muito em ordem, mas que as mãozinhas destas quatro *demoiselles*[259] não puderam resistir ao prazer, muito habitual nas moças, de desarranjar para outra vez arranjar, foram por mal dos pecados de Augusto, sentar-se da maneira seguinte: D. Clementina e D. Joaninha na cama, embaixo da qual ele estava; D. Quinquina de um lado, em uma cadeira, e D. Gabriela exatamente defronte do espelho, do qual não tirava os olhos; em outra cadeira que, apesar de ser de braços e larga, pequena era para lhe caber sem incômodo toda a coleção de saias, saiotes, vestidos de baixo e enorme variedade de enchimentos que lhe faziam de suplemento à natureza, que com D. Gabriela, segundo suas próprias camaradas, tinha sido um pouco mesquinha a certos respeitos.

Depois de respirar um momento, as meninas, julgando-se sós, começaram a conversar livremente, enquanto Augusto, com sua roupa embaixo do braço, coberto de teias de aranha e suores frios, comprimia a respiração e conservava-se mudo e quedo[260], medroso de que o mais pequeno ruído o pudesse descobrir; para meu maior infortúnio, a barra da cama era incompleta e havia seguramente dois palmos e meio de altura descobertos, por onde, se alguma das moças olhasse, seria ele impreterivelmente[261] visto. A posição do estudante era penosa, certamente; por último, saltou-lhe uma pulga à ponta do nariz, e por mais que o infeliz a soprasse, a teimosa continuou a chuchá-lo[262] com a mais descarada impunidade.

– Antes mil vezes cinco sabatinas seguidas, em tempo de barracas no campo!... dizia ele consigo.

Mas as moças falam já há cinco minutos; façamos por colher algumas belezas, o que é, na verdade, um pouco difícil, pois, segundo o antigo costume, falam todas quatro ao mesmo tempo. Todavia, alguma coisa se aproveitará.

– Que calor!... exclamou D. Gabriela, afetando no abanar de seu leque todo o donaire[263] de uma espanhola; oh! não parece que estamos no mês de julho; mas, por minha vida, vale bem o incômodo que sofremos, o regalo[264] que têm tido nossos olhos.

– Bravo, D. Gabriela!... então seus olhos...

– Têm visto muita coisa boa. Olhe, não é por falar, mas, por exemplo, há objeto mais interessante do que D. Luisa mostrar-se gorda, esbelta, bem-feita?

– É verdade! É verdade! bradavam[265] as três.

258. espartilhada – vestir e apertar bem a cintura com um espartilho.
259. *demoiselles* – palavra francesa usada para designar moças, senhoritas.
260. quedo – quieto; parado; sem se mover.
261. impreterível – que não se pode deixar de fazer; algo inadiável.
262. chuchar – sugar; chupar.
263. donaire – elegância e graça; garbo.
264. regalo – bem; estar prolongado; deleite; prazer.
265. bradar – gritar; clamar.

– E nós que a conhecemos! disse D. Clementina. Fora é o que se vê e em casa, tão escorridinha!... Ora, nem se sabe onde lhe fica a cintura.

– É um saco!

– E como é feia!...

– É horrenda!

– É um bicho!

– E não vimos a filha do capitão com sua dentadura postiça?... Agora não faz senão rir!...

– Coitadinha! aperta tanto os olhos!

– Se ela pudesse arranjar também um postiço para o queixo!

– Ora, D. Clementina, não me obrigue a rir!...

– D. Joaninha, você reparou no vestido de chalim de D. Carlota?... Quanto a mim, está absolutamente fora da moda.

– Ainda que estivesse na moda, não há nada que nela assente bem.

– Ora... é um pau vestido!... tem uma testa maior que a rampa do Largo do Paço!...

– Um nariz com tal cavalete, que parece o Morro do Corcovado!...

– E a boca?... ah! ah! ah!

– Parece que anda sempre pedindo boquinhas[266].

– E que língua que ela tem!

– É uma víbora!

– Eu não sei por que as outras não hão de ser como nós, que não dizemos mal de nenhuma delas.

– É verdade, porque se eu quisesse falar...

– Diga sempre, D. Quinquina.

– Não... não quero. Mas, passando a outra coisa... D. Josefina aplaude com prazer a moda dos vestidos compridos!

– Por quê?

– Ora... porque tem pernas de caniço[267] de sacristão.

– Pernas finas também é moda, presentemente.

– Deus me livre!... acudiu D. Clementina; pelo menos para mim nunca deve ser, pois não posso emendar a natureza, que me deu pernas grossas.

– Não lhe fico atrás, juro-lhe eu! exclamou D. Quinquina.

– Nem eu! Nem eu! disseram as outras duas.

– Isso é bom de se dizer, tornou a primeira; mas, felizmente, podemos tirar as dúvidas.

– Como?

– Facilmente: vamos medir nossas pernas.

Ouvindo tal proposição, o nosso estudante, apesar de se ver em apuros embaixo da cama, arregalou os olhos de maneira que lhe pareciam querer saltar das órbitas; porém, D. Gabriela, que não parecia estar muito consigo e que só por honra da firma dissera o seu "nem eu!" veio deixá-lo com água na boca.

266. boquinhas – beijinhos.
267. caniço – perna fina, escanifrada.

– Havia de ser engraçado, disse ela, arregaçarmos aqui nossos vestidos!...
– Que tinha isso?... acudiu D. Quinquina; não somos todas moças?... dir-se-ia que não temos dormido juntas.
– É verdade, acrescentou D. Clementina e, além de que, não se veria demais senão quatro ou cinco saias por baixo do segundo vestido.
– E talvez algum saiote... vamos a isto!
– Não... não... disse, por sua vez, D. Joaninha.
– Pois por mim não era a dúvida, tornou D. Clementina, com ar de triunfo, recostando-se mole e voluptuosamente[268] nas almofadas, e deixando escorregar de propósito[269] uma das pernas para fora do leito, até tocar com o pé no chão, de modo que ficou à mostra até o joelho.
– Quem me dera já casar... suspirou ela.
Pobre Augusto!... não te chamarei eu feliz!... ele vê a um palmo dos olhos a perna mais bem torneada que é possível imaginar!... através da finíssima meia aprecia uma mistura de cor de leite com a cor-de-rosa e, rematando este interessante painel róseo, um pezinho que só se poderia medir a polegadas, apertado em um sapatinho de cetim, e que estava mesmo pedindo um... dez... cem... mil beijos; mas, quem o pensaria? não foram beijos o que desejou o estudante outorgar àquele precioso objeto; veio-lhe ao pensamento o prazer que sentiria dando-lhe uma dentada... Quase que já se não podia suster[270]... já estava de boca aberta e para saltar... Porém, lembrando-se da exótica figura em que se via, meteu a roupa que tinha enrolada entre os dentes e, apertando--os com força, procurava iludir sua imaginação.
– Quem me dera já casar!... repetiu D. Clementina.
– Isto é fácil, disse D. Gabriela; principalmente se devemos dar crédito aos que tanto nos perseguem com finezas. Olhem, eu vejo-me doida!... mais de vinte me atormentam! Querem saber o que me sucedeu ultimamente?... Eu confesso que me correspondo com cinco... isto é só para ver qual dos cinco quer casar primeiro; pois bem, ontem, uma preta que vende empadas e que se encarrega das minhas cartas, recebeu da minha mão duas...
– Logo duas?...
– Ora pois, apesar de todas as minhas explicações, a maldita estava de mona. Mesmo dizendo-lhe eu dez vezes: a de lacre azul é do Sr. Joãozinho e a de verde é do Sr. Juca, sabem o que fez?... Trocou as cartas!
– E o resultado?...
– Ei-lo aqui, respondeu D. Gabriela, tirando um papel do seio; ao vir embarcar, e quando descia a escada, a tal preta, com a destreza precisa, entregou-me este escrito do Sr. Joãozinho: "Ingrata! Ainda tremem minhas

268. voluptuosidade – sensualidade; deleite carnal; lascívia.
269. propósito – intenção; finalidade; tomada de decisão.
270 suster – segurar-se para não cair; permanecer firme.

mãos, pegando no corpo de delito[271] da tua perfídia[272]! Escreves a outro? Compareces por tão horrível crime perante o júri do meu coração; e, bem que tenhas nesse tribunal a tua beleza por advogado, o meu ciúme e justo ressentimento, que são os juízes, te condenam às perpétuas galés[273] do desprezo; delas só te poderás livrar se apelares dessa sentença para o poder moderador de minha cega paixão."

– Bravo, D. Gabriela! o Sr. Joãozinho é sem dúvida estudante de jurisprudência?

– Não, é doutor.

– Bem mostra pelo bem que escreve.

– Mas eu sou bem tola! conto tudo o que me sucede e ninguém me confia nada!

– Isso é razoável, disse D. Clementina; nós devemos pagar com gratidão a confiança de D. Gabriela. Eu começo declarando que estou comprometida com o Sr. Filipe a deixar esta noite, embaixo da quarta roseira da rua do jardim, que vai direita ao caramanchão, um embrulhozinho com uma trança de meus cabelos.

– Que asneira?... por que lhe não entrega ou não lho manda entregar?...

– Ora... eu tenho muita vergonha... antes quero assim; até parece romântico.

– São caprichos de namorados! falou D. Quinquina; havia tempo para isso! mas, enfim, de asneiras é que amor se alimenta. Querem ver uma dessas? O meu predileto está de luto e por isso exige que eu vá à festa de... com uma fita preta no cabelo, em sinal de sentimento; exige ainda que eu não valse mais, que não tome sorvetes, para não constipar, que não dê *dominus tecum*[274] a moço nenhum que espirrar ao pé de mim, e que jamais me ria quando ele estiver sério; e a tudo isso julga ele ter muito direito por ser tenente da Guarda Nacional! Pois, por isso mesmo, ando agora de fita branca no cabelo, valso todas as vezes que posso, tomo sorvetes até não poder mais, dou *dominus tecum* aos moços mesmo quando eles não espirram e não posso ver o Sr. Tenente Gusmão sério sem soltar uma gargalhada.

– Olhem lá o diabinho da sonsa! murmurou consigo mesmo Augusto, embaixo da cama.

– E você, mana, não diz nada?... perguntou ainda ela a D. Joaninha.

– Eu?... o que hei de dizer? respondeu esta; digo que ainda não amo.

– É a única que ama deveras! pensou o estudante, a quem já doíam as cadeiras de tanto agachar-se.

– E o Sr. Fabrício?... e o Sr. Fabrício?... exclamaram as três.

– Pois bem, tornou D. Joaninha, é o único de quem gosto.

271. corpo de delito – algum material ou objeto presente na cena de um crime, por exemplo, o corpo da vitima, uma arma, etc.

272. perfídia – traição; deslealdade.

273. galés – pena dos que eram condenados a remar nas galés – antigas embarcações – ou seja, galés passou a significar trabalhos públicos forçados.

274. *dominus tecum* – expressão latina que significa *o Senhor esteja contigo*, usada antigamente como saudação à pessoa que espirrava, hoje substituída por saúde ou por *Deus te ajude*.

– Mas que temos nós feito nesta ilha?... que triunfos havemos conseguido?... Vaidade para o lado: moças bonitas, como somos, devemos ter conquistado alguns corações!

– Juro que estou completamente aturdida[275] com os protestos de eterna paixão do Sr. Leopoldo, disse D. Quinquina; mas é uma verdadeira desgraça ser hoje moda ouvir com paciência quanta frivolidade[276] vem à cabeça – não direi à cabeça, porque parece que os tolos como que não a têm, porém aos lábios de um desenxabido[277] namorado. O tal Sr. Leopoldo... não é graça, eu ainda não vi estudante mais desestudável[278]!...

– Você, D. Joaninha, acudiu D. Clementina, tem-se regalado hoje com o incomparável Fabrício. Não lhe gabo o gosto... só as perninhas que ele tem!...

– Ora, respondeu aquela; ainda não tive tempo de olhar para as pernas... mas também você parece que não se arrepia muito com a corcova[279] do nariz de meu primo; confessemos, minha amiga, todas nós gostamos de ser conquistadoras.

– Pois confessemos... isso é verdade.

– Pela minha parte não digo nada, assobiou D. Gabriela mirando-se no espelho; mas enfim... eu não sei se sou bonita, mas, onde quer que esteja, vejo-me sempre cercada de adoradores; hoje, por exemplo, tenho-me visto doida... perseguiram-me constantemente seis... era impossível ter tempo de mangar com todos a preceito.

– Mas, D. Gabriela, onde está o seu talento?...

– Pois bem, que se ponha outra no meu lugar.

– Alguns homens zombariam de doze de nós outras a um tempo... Houve já um que não teve vergonha de escrever isto em um papel:

*Num dia, numa hora,*
*No mesmo lugar*
*Eu gosto de amar*
*Quarenta,*
*Cinquenta,*
*Sessenta:*

*Se mil forem belas,*
*Amo a todas elas.*

– Que pateta!...

– Que tolo!...

---

275. aturdida – surpreender-se, maravilhar-se, atordoar-se.
276. frivolidade – futilidade, ninharia.
277. desenxabido – sem graça, insípido.
278. desestudável – neologismo do eu-lírico, ou seja, palavra criada para dar um efeito no leitor; nesse caso, ao ofender o estudante, a personagem o rebaixa dizendo que ele não merece o mínimo de sua atenção, de seus "estudos" sobre ele e sua personalidade, para que um dia talvez se relacionassem.
279. corcova – curva; ao ângulo.

– Que vaidoso!

– Essa opinião segue também o Augusto!

– Oh!... e esse papelão!...

– Ei-las comigo... murmurou entre dentes o nosso estudante, estendendo o pescoço a modo de cágado[280].

– Como lhe fica mal aquela cabeleira!... assemelha-se muito a uma preguiça.

– Tem as pernas tortas.

– Eu creio que ele é corcunda.

– Não, aquilo é magreza.

– Forte impertinente! falando é um Lucas[281]...

– Há de ser interessante dançando!

– Vamos nós tomá-lo à nossa conta?

– Vamos: pensemos nos meios de zombar dele cruelmente...

– Pois pensemos...

Mas elas não tiveram tempo de pensar, porque, neste momento, ouviu-se um grito de dor, ao qual seguiu-se viva agitação no interior daquela casa, onde inda há pouco só se respirava prazer e delícias. As quatro moças levantaram-se espantadas.

– Pareceu-me a voz de minha prima Carolina, exclamou D. Joaninha.

– Coitada! que lhe sucederia?...

– Vamos ver.

As quatro moças correram precipitadamente para fora do quarto.

Augusto, que não estava menos assustado, saiu de seu esconderijo, vestiu-se apressa damente e ia, por sua vez, deixar aquele lugar, em que se vira em tantos apuros, quando deu com os olhos na carta do Sr. Joãozinho, que, com a pressa e agitação, havia D. Gabriela deixado cair.

O estudante apanhou e guardou aquele interessante papel, e com prontidão e cuidado pôde, sem ser visto, escapar-se do gabinete.

Um instante depois foi cuidadoso procurar saber a causa do rumor que ouvira.

O grito de dor tinha sido, com efeito, soltado por D. Carolina.

280. cágado – nome genérico de vários répteis da ordem dos quelônios, que ora vivem na terra, ora na água; de forma lenta.

281. Lucas – único dos evangelistas não judeu; era médico e provavelmente originário de Antioquia. Consideram de sua autoria o terceiro Evangelho e os Atos dos Apóstolos na Bíblia.

# XIII

# Os quatro em conferência

Ninguém se arreceie[282] pela nossa travessa. O grito de dor foi, na verdade, seu; mas, se alguém corre perigo, não é certamente ela. O caso é simples.

Morava com a Sra. D. Ana uma pobre mulher, por nome Paula, muito estimada de todos, porque o era da despotazinha[283] daquela ilha, de D. Carolina, a quem tinha servido de ama. Os desvelos e incômodos que tivera na criação da menina lhe eram sobejamente[284] pagos pela gratidão e ternura da moça.

Ora, todos se tinham ido para o jardim logo depois do jantar, mas o nosso amigo Keblerc achara justo e prudente deixar-se ficar fazendo honra à meia dúzia de lindas garrafas, das quais se achava ternamente enamorado; contudo, ele pensava que seria mais feliz se deparasse com um companheiro que o ajudasse a requestar aquelas belezas: era um amante sem zelos. Por infelicidade de Paula, o alemão a obrigou ao entrar num quarto. Chamou-a, obrigou-a a sentar-se junto de si, mostrou por ela o mais vivo interesse e depois convidou-a a beber à saúde de seu pai, sua mãe e sua família.

Não havia remédio senão corresponder a brindes tão obrigativos. Depois não houve ninguém no mundo a quem Keblerc não julgasse dever com a sua meia-língua dirigir uma saúde, e, como já estivesse um pouco impertinente, forçava Paula a virar copos cheios. Passado algum tempo, e muito naturalmente, Paula se foi tornando alegrezinha e por sua vez desafiava Keblerc a fazer novos brindes; em resultado as seis garrafas foram-se. Paula deixou-se ficar sentada, risonha e imóvel, junto à mesa, enquanto o alemão, rubicundo[285] e reluzente, se dirigiu para a sala.

Quando daí a pouco a ama de D. Carolina quis levantar-se, pareceu--lhe que estava uma nuvem diante de seus olhos, que os copos dançavam, que havia duas mesas, duas salas e tudo em dobro; ergueu-se e sentiu que as paredes andavam-lhe à roda, que o assoalho abaixava e levantava-se debaixo dos pés; depois... não pôde dar mais que dois passos, cambaleou e, acreditando sentar-se numa cadeira, caiu com estrondo contra uma porta. Logo confusão e movimento... Ninguém ousou pensar que Paula, sempre sóbria e inimiga de

282. arrecar – ter receio de.
283. despotazinha – para criar efeito o narrador colocou a palavra no diminutivo. Provém de desposta, ou seja, pessoa que não aceita que sua vontade seja contrariada, aquele que governa e exige obediência de todos.
284. sobejamente – excessivamente, demasiadamente.
285. rubicundo – vermelho, rubro.

espíritos[286], se tivesse deixado embriagar, e, por isso, correram alguns escravos para o jardim, gritando que Paula acabava de ter um ataque.

A primeira pessoa que entrou em casa foi D. Carolina que, vendo a infeliz mulher estirada no assoalho, caiu sobre ela, exclamando com força:

– Oh! minha mãe!... Foi este o seu grito de dor.

Momentos depois Paula se achava deitada numa boa cama e rodeada por toda a família; porém, havia algazarra tal, que mal se entendia uma palavra.

– Isto foi o jantar que lhe deu na fraqueza, gritou uma avelhantada[287] matrona, que se supunha com muito jeito para a Medicina; é fraqueza complicada com o tempo frio... não vale nada... venha um copo de vinho!

E dizendo isto, foi despejando meia garrafa de vinho na boca da pobre Paula que, por mais que lépida[288] e risonha o fosse engolindo a largos tragos, não pôde livrar-se de que a interessante Esculápia[289] lhe entornasse boa porção pelos vestidos.

– São maleitas[290]! exclamava D. Violante, com toda a força de seus pulmões... são maleitas!... Quem lhe olha para o nariz diz logo que são maleitas! Eu já vi curar-se uma mulher, que teve o mesmo mal, com cauda de cobra moída, torrada e depois desfeita num copo d'água tirada do pote velho com um coco novo e com a mão esquerda, pelo lado da parede. É fazer isso já.

– São lombrigas! gritava uma terceira.

– É ataque de estupor![291] bradava a quarta senhora.

– É espírito maligno! acudiu outra, que foi mais ouvida que as primeiras... é espírito maligno que lhe entrou no corpo! venha quanto antes um padre com água benta e seu breviário.

– Ora, para que estão com tal azáfama[292]?... disse uma senhora, que acabava de entrar no quarto; não se vê logo que isto não passa de uma mona, que a boa da Paula tomou? Olhem: até tem o vestido cheio de vinho.

– Mona, não senhora! acudiu D. Carolina; a minha Paula nunca teve tão feio costume, e, se está molhada com vinho, a culpa é desta senhora, que há pouco lhe despejou meia garrafa por cima. Oh! é bem cruel que, mesmo vendo-se a minha dor, digam semelhantes coisas!...

No meio de toda esta balbúrdia era de ver-se o zelo e a solicitude da menina travessa!... Observava-se aquela Moreninha de quinze anos, que parecera somente capaz de brincar e ser estouvada, correndo de uma para outra parte, prevenindo tudo e aparecendo sempre onde se precisava apressar um serviço ou acudir a um reclamo. Só cuidava de si quando devia enxugar as lágrimas.

Junto do leito apareceram os quatro estudantes.

---

286. espíritos – no contexto significa álcool, bebida alcoólica.
287. avelhantada – pessoa mais velha ou que ficou velha antes do tempo.
288. lépida – ligeira e alegre.
289. Esculápia – segundo a mitologia grega, Esculápio foi educado pelo centauro Quíron, que lhe ensinou a medicina. O jovem tornou-se tão hábil nessa ciência que descobriu o meio de ressuscitar os mortos. No texto, o autor usa de ironia ao atribuir tal identidade à mezinheira.
290. maleita – febre intermitente, ou seja, febre que vai e volta, com intervalos.
291. estupor – mobilização de um grupo causada por susto ou medo.
292. azáfama – muita pressa e alvoroço na realização de algo; atividade intensa para algo; falta de ordem.

Curto foi o exame. O rosto e o bafo da doente bastaram para denunciar-lhes com evidência a natureza da moléstia.

– Isto não vale a pena, disse Filipe em tom baixo a seus colegas: – é uma mona de primeira ordem.

– Está claro, vamos sossegar estas senhoras.

– Não, tornou Filipe, sempre em voz baixa; aturdidas pelo caso repentino e preocupadas pela sobriedade desta mulher, nenhuma delas quer ver o que está diante de seus olhos, nem sentir o cheiro que lhes está entrando pelo nariz; minha irmã ficaria inconsolável, brigaria conosco e não nos acreditaria, se lhe disséssemos que sua ama se embebedou; e, portanto, podemos aproveitar as circunstâncias, zombar de todas elas e divertir-nos fazendo uma conferência.

– Oh diabo!... isso é do catecismo dos charlatães!

– Ora, não sejas tolo... não pareces estudante; devemos lançar mão de tudo o que nos possa dar prazer e não ofenda os outros.

– Mas que iremos dizer nesta conferência, senão que ela está espirituosa demais? perguntou Augusto.

– Diremos tudo o que nos vier à cabeça, ficando entendido que as honras pertencerão ao que maior número de asneiras produzir; o caso é que nos não entendam, ainda que também nós não entendamos.

– Há de ser bonito, tornou Augusto, à vista de tanta gente que, por força, conhecerá esta patacoada[293].

– Qual conhecer?... aqui ninguém nos entende, tornou Filipe, que, voltando-se para os circunstantes, disse com voz teatralmente solene: – Meus senhores, rogamos breves momentos de atenção; nós queremos conferenciar.

Movimento de curiosidade.

Seguiu-se novo exame da enferma, no qual os quatro estudantes fingiram observar o pulso, a língua, o rosto e os olhos da enferma; auscultaram[294] e percutiram-lhe o peito e fizeram todas as outras pesquisas do costume.

Depois eles se colocaram em um dos ângulos do quarto. Filipe teve a palavra. Profundo silêncio.

– Acabastes, senhores, de fazer-me observar uma enfermidade que não deixa de pedir sérias atenções e sobre a qual eu vou respeitosamente submeter o meu juízo. Poucas palavras bastam. A moléstia de que nos vamos ocupar não é nova para nós; creio, mesmo, senhores, que qualquer de vós já a tem padecido muitas vezes...

– Está enganado.

– Não respondo aos apartes. Eu diagnostico uma baquites. Concebe-se perfeitamente que as etesias desenvolvidas pela decomposição dos éteres espasmódicos e engendrados no alambique intestinal, uma vez que a compressão do diafragma lhes cause vibrações simpáticas que os façam caminhar pelo canal colédoco até o perióstio dos pulmões...

293. patacoada – dito cômico; impensado; tolo.
294. auscultar – aplicar o ouvido ou o auscultador ao peito, às costas, ao ventre do paciente, para escutar o funcionamento de seu organismo.

– *C'est trop fort*[295]!...

– Daí, passando à gorje[296], perturbam a quimificação da hematose, que por isso se tornando em linfa hemostática, vá de um jacto causar um tricocéfalo no esfenóide, po dendo mesmo produzir uma procorragia nas glândulas de Meyer, até que, penetrando pelas câmaras ópticas, no esfíncter do cerebelo, cause um retrocesso prostático, como pensam os modernos autores, e promovam uma rebelião entre os indivíduos cerebrais: por conseqüência isto é nervoso.

– Muito bem concluído.

– O tratamento que proponho é concludente[297]: algumas gotas de éter sulfúrico numa taça do líquido fontâneo[298] açucarado; o cozimento dos frutos do *coffea arabica*[299] torrados, ou mesmo o *thea sinensis;*[300] e quando isto não baste, o que julgo impossível, as nossas lancetas[301] estão bem afiadas e duas libras de sangue de menos não farão falta à doente. Disse:

– Como ele fala bem! murmurou uma das moças.

Fabrício tomou a palavra.

– Sangue! sempre sangue! eis a Medicina romântica do insignificante Broussais[302]! mas eu detesto tanto a Medicina sanguinária, como a estercorária, herbária, sudorária e todas as que acabam em ária. Desde Hipócrates[303], que foi o maior charlatão do seu tempo, até os nossos dias, tem triunfado a ignorância, mas já, enfim, brilhou o sol da sabedoria... Hahnemann[304]... ah!... quebrai vossas lancetas, senhores! para curar o mundo inteiro basta-vos uma botica[305] homeopática, com o Amazonas ao pé!... queimai todos os vossos livros, porque a verdade está só, exclusivamente, no alcorão de nosso Mafoma[306], no Organon[307] do grande homem! Ah! se depois do divino sistema morre por acaso alguém, é por se não ter ainda descoberto o meio de dividir em um milhão de partes cada simples átomo da matéria! Senhores, eu concordo com o diagnóstico de meu colega, mas devo combater o tratamento por ele oferecido. Uma taça de líquido fontâneo açucarado, e acidulado com algumas gotas de éter

---

295. *C´est trop fort!...* – expressão francesa que significa *isso é muito forte*, mas para algo negativo, ruim.
296. gorje – palavra afrancesada que vem de gorja, que significa garganta
297. concludente – que conclui, procedente.
298. fontâneo – forma dicionarizada fontano, designa algo originário da fonte. Logo, líquido fontano quer dizer água da fonte, água mineral.
299. *coffea arabica* – nome científico do café.
300 *thea sinensis* – nome científico do chá.
301. lanceta – objeto pontiagudo com dois gumes; utilizado para fazer sangrias.
302. Broussais - François Joseph Victor Broussais (1772-1838); médico francês, que tinha como prática usar de sanguessugas para extrair sangue.
303. Hipócrates – médico da antiguidade grega, que viveu entre de 460 a.C. e 375 a.C.
304. Hahnemann – Christian Friedrich Samuel Hahnemann (1755-1843); médico alemão; fundou em 1796 a escola de homeopatia.
305. botica – farmácia.
306. alcorão de nosso Mafoma – Mafoma (Mamoé), profeta fundador do Islamismo. Suas revelações foram reunidas no Alcorão, o livro sagrado da fé muçulmana.
307. Organon – organon da Arte Racional de Curar, trabalho elaborado por Hahnemann, no qual expõe os princípios da homeopatia.

sulfúrico, é, em minha opinião, capaz de envenenar a todos os habitantes da China! O mesmo direi do cozimento do *coffea arabica*...

– Mas por que não têm morrido envenenados os que por vezes o têm já tomado?...

– Eis aí a consideração que os leva ao erro!... Senhor meu colega, é porque a ação maléfica desses medicamentos não se faz sentir logo... às vezes só aparece depois de cem, duzentos e mais anos... eis a grande verdade!... Mas eu tenho observações de moléstias[308] de natureza da que nos ocupa e que vão mostrar a superioridade do meu sistema. Ouçam-me: Uma mulher padecia este mesmo mal; já tinha sofrido trinta sangrias; haviam-lhe mandado aplicar mais de trezentas bichas, purgantes sem conta, vomitórios às dúzias e tisanas[309] aos milheiros; quis o seu bom gênio que ela recorresse a um homeopata, que, com três doses, das quais cada uma continha apenas a trimilionésima parte de um quarto de grão de *nihilitas nihilitatis*[310], a pôs completamente restabelecida; e quem quiser pode ir vê-la na rua... É certo que não me lembro agora onde, mas posso afirmar que ela mora em uma casa e que hoje está nédia[311], gorda, com boas cores e até remoçou e ficou bonita... Outro fato.

– Basta! basta!...

– ... Pois bem, basta; e propondo a aplicação da *nihilitas nihilitatis* na dose da tri milionésima parte de um grão, dou por terminado o meu discurso.

– O Sr. Leopoldo tem a palavra.

– Senhores, eu devo confessar que restam-me muitas dúvidas a respeito do diagnóstico e, portanto, julgo útil recorrermos ao magnetismo animal, para vermos se a enferma, levada ao sonambulismo, nos aclara sua enfermidade. Além disto, eu tenho fé de que não há moléstia alguma que possa resistir à maravilhosa aplicação dos passes, que tanto abismaram Paracelso[312] e Kisker[313]. Ainda mais: se o diagnóstico do colega que falou em primeiro lugar é exato, dobrada razão acho para sustentar o meu parecer porque, enfim, se *similia similibus curantur*[314], necessariamente o magnetismo tem de curar a baquites. Voto, pois, para que comecemos já a aplicar-lhe os passes.

Seguiu-se o discurso de Augusto que, por longo demais, parece prudente omitir. Em resumo basta dizer que ele combateu as raras teorias de Filipe, mas concordou com o tratamento por ele proposto e falou com arte tal que D. Carolina o escolheu para assistente de sua ama.

308. moléstia – doença; incomôdo; enfado

309. tisanas – bebida quente dada a um doente.

310. *nihilitas nihilitatis* – expressão que provém de *nihil*, palavra de origem latina que significa nada.

311. nédia – com a pele lustrosa, com efeito de gordura.

312. Paracelso – do latim Philippus Aureolus Paracelsus (1490-1541) por alquimista, médico e erudito suíço alemão, compôs obras médicas e místicas.

313. Kisker - Atanásio Kircher (1601-1680); era um sábio jesuíta, que escreveu sobre astronomia, física, medicina, história natural, teologia e ciências ocultas

314. *similia similibus curantur* – expressão latina que significa os semelhantes curam-se pelos semelhantes. Um dos princípios da medicina homeopática.

Augusto determinou as aplicações convenientes ao caso, mas, não tendo entrado no número delas a essencial lembrança de um escalda-pés[315], caiu a tropa das mezinheiras[316] sobre o desgraçado estudante, que se viu quase doido com a balbúrdia de novo alevantada no quarto.

– Menos ruído, minhas senhoras, dizia o rapaz; isto pode ser fatal à doente!

– Ora... eu nunca vi negar-se um escalda-pés!

– Ainda em cima de não lhe mandar aplicar uma ajuda, esquece-se também do escalda-pés!...

– Se não lhe derem um escalda-pés, eu não respondo pelo resultado!...

– Olhem como a doente está risonha, só por ouvir falar em escalda-pés!...

– Aquilo é pressentimento!

– Senhor Doutor, um escalda-pés!...

– Pois bem, minhas senhoras, disse Augusto para se ver livre delas, deem-lhe o pre conizado escalda-pés!

E fugindo logo do quarto, foi pensando consigo mesmo que as coisas que mais contrariam o médico são: primeiro, a saúde alheia, segundo, um mau enfermeiro e, por último, enfim, as senhoras mezinheiras.

# XIV

# Pedilúvio sentimental

Ria-se, jogava-se, brincava-se. Todos se haviam já esquecido da pobre Paula. Na verdade também, que por ter a ama de D. Carolina tomado seu copo de vinho de mais, não era justo que tantas moças e moços, em boa disposição de brincar, e umas poucas de velhas determinadas a maçar meio mundo, ficassem a noite inteira pensando na carraspana da rapariga. E além disso, quatro semidoutores já haviam pronunciado favorável diagnóstico; como, pois, se arrojaria[317] Paula a morrer contra a ordem expressa dos quatro hipocratíssimos senhores?...

Era por isso que todos brincavam alegremente, menos o Sr. Keblerc que, diante de meia dúzia de garrafas vazias, roncava prodigiosamente; grande

315. escalda-pés – tipo de terapia homeopática no qual os pés do paciente são lavados com água muito quente.

316. mezinheira – curandeiro; aquele que faz e aplica remédios caseiros.

317. arrojar – atrever-se; arriscar-se.

alemão para roncar!... era uma escala inteira que ele solfejava com bemóis, bequadros[318] e sustenidos!... dir-se-ia que entoava um hino... a Baco[319].

Os rapazes estavam nos seus gerais; a princípio, como é seu velho costume, haviam festejado, cumprimentado e aplaudido as senhoras idosas que se achavam na sala, principalmente aquelas que tinham trazido consigo moças; mas, passada meia hora, adeus etiquetas e cerimônias!... Estabeleceu-se um cordão sanitário entre a velhice e a mocidade; a Sra. D. Ana achou a ocasião oportuna para ir dar ordens ao chá; D. Violante ocupou-se em desenvolver a um velho roceiro os meios mais adequados para se preencher o *deficit* provável do Brasil para o ano financeiro de 44 a 45, sem aumentar os direitos de importação, nem criar impostos, abolindo-se, pelo contrário, a décima urbana. Já se vê que D. Violante tinha casas na cidade. Restavam quatro senhoras, que julgaram a propósito jogar o embarque, que na verdade as divertia muito, como o episódio do ás galar o sete; havia, enfim, outra mesa em que alguns senhores, viúvos, casados e velhos pais perdiam ou ganhavam dinheiro no *écarté*[320], jogo muito bonito e muito variado, que nos vieram ensinar os senhores franceses, grandes inventores, sem dúvida!...

A rapaziada empregava melhor o seu tempo: também jogava, mas na sua roda não havia nem mesa, nem cartas, nem dados. O seu jogo tinha diretor que, exceção de regra entre os mais, não podia ter menos de cinquenta anos. Era um homem de estatura muito menos que ordinária, tinha o rosto muito vermelho, cabelos e barbas ruivas, gordo, de pernas arqueadas, ajuntava ao ridículo de sua figura muito espírito; não estava bem senão entre rapazes, por felicidade deles sempre se encontra desses. Tal o diretor da roda dos moços. O Sr. Batista (este é o seu nome) era fértil em jogos; quando um aborrecia, vinha logo outro melhor. Já se havia jogado o do toucador e o do enfermo. O terceiro agradou tanto, que se repetia pela duodécima vez, com aplauso geral, principalmente das moças: era, sem mais nem menos, o jogo da palhinha.

Caso célebre!... já se viu que coincidência!... ora expliquem, se são capazes... Tem-se jogado a palhinha doze vezes e em todas as doze tem a sorte feito com que Filipe abrace D. Clementina e Fabrício D. Joaninha! E sempre, no fim de cada jogo, qualquer das duas recua um passo, como se pouca vontade houvesse nelas de dar o abraço, e fazendo-se coradinha, exclamam:

– Quantos abraços!... pois outra vez?...

– Eu já não dei ainda agora?... ora isto!...

Entre os rapazes, porém, há um que não está absolutamente satisfeito: é Augusto. Será por que no tal jogo da palhinha tem por vezes ficado viúvo?... não! ele esperava isso como castigo de sua *inconstância*. A causa é outra: a alma da ilha de[321]... não está na sala! Augusto vê o jogo ir seguindo o seu caminho muito

318. bequadros – sinal que repõe no tom natural a nota alterada pelo sustenido ou pelo bemol.

319. Baco – considerado o deus do vinho, da inspiração e dos delírios místicos. Para sua divindade eram realizadas festas e rituais orgiásticos. Também era conhecido como Dionísio.

320. *écarté* – palavra francesa que designa um jogo de baralho com 32 cartas; vence a partida quem fizer a maior pontuação que é estipulada antes de iniciar o jogo.

321. "a alma da ilha de ... não está na sala!" – note que o narrador nos traz uma referência à presença de D. Carolina.

em ordem; não se rasgou ainda nenhum lenço, Filipe ainda não gritou com a dor de nenhum beliscão, tudo se faz em regra e muito direito; a travessa, a inquieta, a buliçosa, a tentaçãozinha não está aí; D. Carolina está ausente!...

Com efeito, Augusto, sem amar D. Carolina (ele assim o pensa), já faz dela ideia absolutamente diversa da que fazia ainda há poucas horas. Agora, segundo ele, a interessante Moreninha é, na verdade, travessa, mas a cada travessura ajunta tanta graça, que tudo se lhe perdoa. D. Carolina é o prazer em ebulição; se é inquieta e buliçosa, está em sê-lo a sua maior graça; aquele rosto moreno, vivo e delicado, aquele corpinho, ligeiro como abelha, perderia metade do que vale, se não estivesse em contínua agitação. O beija-flor nunca se mostra tão belo como quando se pendura na mais tênue flor e voeja nos ares; D. Carolina é um beija-flor completo.

Nesse momento a Sra. D. Ana entrou na sala, e depois, dirigindo-se à grande varanda da frente, sentou-se defronte do jardim. Batista acabava de dar fim ao jogo da palhinha e começava um novo; Augusto pediu que o dispensassem e foi ter com a dona da casa.

– Não joga mais, Sr. Augusto? disse ela.

– Por hora não, minha senhora.

– Parece-me pouco alegre.

– Ao contrário... estou satisfeitíssimo.

– Oh! seu rosto mostra não sentir o que me dizem seus lábios; se aqui lhe falta alguma coisa.

– Na verdade que aqui não está tudo, minha senhora.

– Então que falta?

– A Sra. D. Carolina.

A boa senhora riu-se com satisfação. Seu orgulho de avó acabava de ser incensado; isto era tocar-lhe no fraco.

– Gosta de minha neta, Sr. Augusto?

– É a delicada borboleta deste jardim, respondeu ele, mostrando as flores.

– Vá buscá-la, disse a Sra. D. Ana, apontando para dentro.

– Minha senhora, tanta honra!...

– O amigo de meu neto deve merecer minha confiança; esta casa é dos meus amigos e também dos dele. Carolina está sem dúvida no quarto de Paula; vá vê-la e consiga arrancá-la de junto de sua ama.

A Sra. D. Ana levou Augusto pela mão até o corredor e depois o empurrou brandamente.

– Vá, disse ela, e receba isso como a mais franca prova de minha estima para com o amigo de meu neto.

Augusto não esperou ouvir nova ordem, e endireitou para o quarto de Paula, com presteza e alegria. A porta estava cerrada; abriu sem ruído e parou no limiar[322].

Três pessoas havia nesse quarto: Paula, deitada e abatida sob o peso de sua sofrível mona, era um objeto triste e talvez ridículo, se não padecesse;

322. limiar – entrada da porta, ou lugar limite para adentrar um local.

a segunda era uma escrava que acabava de depor, junto do leito, a bacia em que Paula deveria tomar o pedilúvio[323] recomendado, objeto indiferente; a terceira era uma menina de quinze anos, que desprezava a sala, em que borbulhava o prazer, pelo quarto em que padecia uma pobre mulher; este objeto era nobre...

D. Carolina e a escrava tinham as costas voltadas para a porta e por isso não viam Augusto: Paula olhava, mas não via, ou antes não sabia o que via.

– Anda, Tomásia, dá-lhe o escalda-pés! disse D. Carolina.

Pela sua voz conhecia-se que tinha chorado.

A escrava abaixou-se; puxou os pés da pobre Paula; depois, pondo a mão n'água, tirou-a de repente, e sacudindo-a:

– Está fervendo!... disse.

– Não está fervendo, respondeu a menina; deve ser bem quente, assim disseram os moços.

A escrava tornou a pôr a mão e de novo retirou-a com presteza tal, que bateu com os pés de Paula contra a bacia.

– Estonteada!... sai... afasta-te, exclamou D. Carolina, arregaçando as mangas de seu lindo vestido.

A escrava não obedeceu.

– Afasta-te daí, disse a menina com tom imperioso[324]; e depois abaixou-se no lugar da escrava, tomou os pés de sua ama, apertou-os contra o peito, chorando, e começou a banhá-los.

Belo espetáculo era o ver essa menina delicada, curvada aos pés de uma rude mulher, banhando-os com sossego, mergulhando suas mãos, tão finas, tão lindas, nessa mesma água que fizera lançar um grito de dor à escrava, quando aí tocara de leve com as suas, tão grosseiras e calejadas!... Os últimos vislumbres das impressões desagradáveis que ela causara a Augusto, de todo se esvaíram. Acabou-se a criança estouvada... ficou em seu lugar o anjo de candura.

O sensível estudante viu as mãozinhas tão delicadas da piedosa menina já roxas, e adivinhou que ela estava engolindo suas dores para não gemer; por isso não pôde suster-se e, adiantando-se, disse:

– Perdoe, minha senhora.

– Oh!... o senhor estava aí?

– E tenho testemunhado tudo!

A menina abaixou os olhos, confusa e apontando para a doente, disse:

– Ela me deu de mamar...

– Mas nem por isso deve a senhora condenar suas lindas mãos a serem queimadas, quando algum dos muitos escravos que a cercam poderia encarregar-se do trabalho em que a vi tão piedosamente ocupada.

– Nenhum o fará com jeito.

– Experimente.

– Mas a quem encarregarei?

323. pedilúvio – banho dado aos pés.
324. imperioso – arrogante; mandão; aquele que dá uma ordem..

– A mim, minha senhora.
– O senhor falava de meus escravos...
– Pois nem para escravo eu presto?
– Senhor!...
– Veja se eu sei dar um pedilúvio!

E nisto o estudante abaixou-se e tomou os pés de Paula, enquanto D. Carolina, junto dele, o olhava com ternura.

Quando Augusto julgou que era tempo de terminar, a jovenzinha recebeu os pés de sua ama e os envolveu na toalha que tinha nos braços.

Agora deixemo-la descansar, disse o moço.

– Ela corre algum risco?... perguntou a menina.

– Afirmo que acordará amanhã perfeitamente boa.

– Obrigada!

– Quer dar-me a honra de acompanhá-la até à sala? disse Augusto, oferecendo a mão direita à bela Moreninha.

Ela não respondeu, mas olhou-o com gratidão, e aceitando o braço do mancebo deixou o quarto de Paula.

# XV

# Um dia em quatro palavras

Ao romper do dia de Sant'Ana estavam todos na ilha de... descansando nos braços do sono; era isso muito natural, depois de uma noite como a da véspera, em que tanto se havia brincado.

Com efeito, os jogos de prendas tinham-se prolongado excessivamente. A chegada de D. Carolina e Augusto lhes deu ainda dobrada viveza e fogo. A bonita Moreninha tornou-se mais travessa do que nunca; mil vezes bulhenta[325], perturbava a ordem dos jogos, de modo que era preciso começar de novo o que já estava no fim; outras tantas rebelde, não cumpria certos castigos que lhe impunham, não deu um só beijo e aquele que atreveu-se a abraçá-la teve em recompensa um beliscão.

Finalmente, ouviu-se a voz de: – vamos dormir, e cada qual tratou de fazer por consegui-lo.

O último que se deitou foi Augusto e ignora-se por que saiu de luz na mão, a passear pelo jardim, quando todos se achavam acomodados; de volta

325. bulhenta – desordeiro; aquela que faz bagunça; barulho.

do seu passeio noturno, atirou-se entre Fabrício e Leopoldo e imediatamente adormeceu. Os estudantes dormiram juntos.

São seis horas da manhã e todos dormem ainda o sono solto.

Um autor pode entrar em toda parte e, pois... não. Não, alto lá! no gabinete das moças... não senhor; no dos rapazes, ainda bem. A porta está aberta. Eis os quatro estudantes estirados numa larga esteira; e como roncam!... Mas que faz o nosso Augusto? Ri-se, murmura frases imperceptíveis, suspira... Então que é isso lá?... dá um beijo em Fabrício, acorda espantado e ainda em cima empurra cruelmente o mesmo a quem acaba de beijar...

Oh! beleza! oh! inexplicável poder de um rosto bonito que, não contente com as zombarias que faz ao homem que vela, o ilude e ainda zomba dele dormindo!

Estava o nosso estudante sonhando que certa pessoa, de quem ele teve até aborrecimento e que agora começa com os olhos travessos a fazer-lhe cócegas no coração, vinha terna e amorosamente despertá-lo; que ele fingira continuar a dormir e ela se sentara à sua cabeceira; que, traquinas como sempre, em vez de chamá-lo, queria rir-se, acordando-o pouco a pouco; que para isso, aproximava seu rosto do dele, e, assoprando-lhe os lábios, ria-se ao ver as contrações que produzia a titilação[326] causada pelo sopro; que ele, ao sentir tão perto dos seus os lindos lábios dela, estava ardentemente desejoso de furtar-lhe um beijo, mas que temia vê-la fugir ao menor movimento; que, finalmente, não podendo mais resistir aos seus férvidos desejos, assentara de, quando se aproximasse o belo rosto, ir de um salto colher o voluptuoso beijo naquela boquinha de botão de rosa; que o rosto chegou à distância de meio palmo e... (aqui parou o sonho e principiou a realidade) e ele deu um salto e, em lugar de pregar um terno beijo nos lábios de D. Carolina foi com toda a força e estouvamento, bater com os beiços e nariz contra a testa de Fabrício; e como se o pobre colega tivesse culpa de tal infelicidade, deu-lhe dois empurrões, dizendo:

– Sai-te daí, peste!... ora, quando eu sonhava com um anjo, acordo-me nos braços de Satanás!...

Corra-se, porém, um véu sobre quanto se passou até que se levantaram do almoço. A sociedade se dividiu logo depois em grupos. Uns conversavam, outros jogavam, dois velhos ferraram-se no gamão, as moças espalharam-se pelo jardim e os quatro estudantes tiveram a péssima lembrança de formar uma mesa de voltarete[327].

E apesar do poder todo da cachaça do jogo, de cada vez que qualquer deles dava cartas, ficava na mesa um lugar vazio, e junto do arco da varanda, que olhava para o jardim, colocava-se uma sentinela.

Já se vê que o voltarete não podia seguir marcha muito regular. Augusto, por exemplo, distraía-se com freqüência tal, que às vezes

326. titilação – cócegas; palpitações; tremelique.

327. voltarete – jogo de baralho com 40 cartas e três jogadores, os quais cada um recebe nove cartas.

passava com basto[328] e espadilha[329] e era codilhado[330] todas as mãos que jogava de feito.

A Moreninha já fazia travessuras muito especiais no coração do estudante; e ele, que se acusava de haver sido injusto para com ela, agora a observava com cuidado e prazer, para, em compensação, render-lhe toda a justiça.

D. Carolina brilhava no jardim e, mais que as outras, por graças e encantos que todos sentiam e que ninguém poderia bem descrever, confessava-se que não era bela, mas jurava-se que era encantadora; alguém queria que ela tivesse maiores olhos, porém não havia quem resistisse à viveza de seus olhares; os que mais apaixonados fossem da doce melancolia de certos semblantes em que a languidez dos olhos e brandura de custosos risos estão exprimindo amor ardente e sentimentalismo, concordariam por força que no lindo rosto moreno de D. Carolina nada iria melhor do que o prazer que nele transluz e o sorriso engraçado e picante que de ordinário enfeita seus lábios; além disto, sempre em brincadora guerra com todos e em interessante contradição consigo mesma, ela a um tempo solta um ai e uma risada, graceja, fazendo-se de grave, fala, jurando não dizer palavra, apresenta-se, escondendo-se, sempre quer, jamais querendo.

Nunca também se havia mostrado a Moreninha tão jovial e feiticeira, mas para isso boas razões havia: esse era o dia dos anos[331] de sua querida avó e a pobre Paula, sua estimada ama, estava completamente restabelecida.

Eis uma deliciosa invasão!... dez moças entram de repente na varanda e num momento dado tudo se confunde e amotina[332]; D. Carolina atira no meio da mesa do voltarete uma mão cheia de flores; enquanto Filipe faz tenção de dirigir-lhe um discurso admoestador, ela furta-lhe a espadilha e voa, para tornar a aparecer logo depois. É impossível continuar assim!... dá-se por acabado o jogo e a Moreninha, à custa de um único sorriso, faz as pazes com o irmão.

– Parabéns, Sra. D. Joaquina, disse Augusto; já triunfou de uma de suas rivais!

– Como?... perguntou ela.

– Ora, que esta minha prima nunca entende as figuras do Sr. Augusto, acudiu D. Carolina; explique-se, Sr. Doutor!

– Sua prima, minha senhora, a aurora e a rosa disputam sobre qual primará na viveza da cor, e eu vejo que ela já tem presa no cabelo uma das duas rivais.

– Eu o encarrego com prazer da guarda fiel desta minha competidora... seja o seu carcereiro! disse D. Quinquina, querendo tirar uma linda rosa do cabelo, para oferecê-la a Augusto.

– Oh minha senhora! seria um cruel castigo para ela, que se mostra tão vaidosa!

328. basto – ás de paus em alguns jogos de cartas.
329. espadilha – designação do ás de espadas em alguns jogos de cartas.
330. codilhado – superado; desbancado; logrado.
331. era o dia dos anos – dia do aniversário.
332. amotinar – sublevar; revoltar.

– Pois rejeita?...

– Certo que não; aceito, mas rogo um outro obséquio[333].

– Qual?...

– Que por ora lhe conceda seus cabelos por homenagem.

– Pois bem, será satisfeito; eu guardarei a sua rosa.

– Mas cuidado, não haja quem liberte a bela cativa[334]! disse Leopoldo.

– Protesto que a hei de furtar, acrescentou D. Carolina.

– Desafio-lhe a isso! respondeu-lhe a prima.

Então começou uma luta de ardis e cuidados entre a Moreninha e D. Quinquina. Aquela já tinha debalde[335] esgotado quantos estratagemas[336] lhe pôde sugerir seu fértil espírito, e enfim, fingindo-se fatigada, veio sossegadamente conversar junto de D. Quinquina, que, não menos viva, conservava-se na defensiva.

Depois de uma meia hora de hábil afetação, a menina travessa, com um rápido movimento, fez cair o leque de sua adversária; Leopoldo abaixou-se para levantá-lo e D. Quinquina, num instante despercebida, curvou-se também e soltou logo um grito, sentindo a mão da prima sobre a rosa, e com a sua foi acudir a esta; houve um conflito entre duas finas mãozinhas, que mutuamente se beliscaram, e em resultado desfolhou-se completamente a rosa.

– Morreu a bela cativa!... morreu a pobre cativa!... gritaram as moças.

– D. Carolina está criminosa! disse D. Clementina.

– Vai ao júri, minha senhora!

– É verdade, vamos levá-la ao júri.

A ideia foi recebida com aplauso geral, só Filipe se opôs.

– Não, não, disse ele. Carolina é muito rebelde, e se fosse condenada não cumpriria a sentença.

– Oh maninho! não diga isso.

– Você jura obedecer?...

– Eu juro por você.

– Tanto pior... era mais um motivo para se tornar perjura[337].

– Pois bem, dou a minha palavra, não é suficiente?

– Basta! basta!

Organizou-se o júri; Fabrício foi encarregado da presidência, um outro moço serviu de escrivão, e cinco moças saíram por sorte para juradas; D. Clementina terá de ser a relatora da sentença. Augusto foi declarado suspeito na causa, e Filipe foi escolhido para advogado da ré e Leopoldo da autora.

A sessão começou.

Longo fora enumerar tudo o que se passou em duas horas muito agradáveis e por isso muito breves, também.

Toda a companhia veio tomar parte naquele divertimento improvisado e até, quem o diria?!, os dois velhos deixaram o tabuleiro do gamão! Resuma-se alguma coisa.

333 obséquio – favor; pedido.
334. cativa – aquela que esta em cativeiro; prisioneira.
335. debalde – em vão; inutilmente.
336. estratagemas – astúcia; enganação; fingimento.
337. perjura – aquele que quebra um juramento; não cumpre um juramento feito.

As testemunhas foram D. Gabriela e uma outra, que deram provas de bastante espírito. O interrogatório de D. Carolina fez rir a quantos o ouviram. O debate dos advogados esteve curioso.

Leopoldo acusou a ré, demonstrando que tinha havido a circunstância agravante da premeditação e que o crime se tornava ainda mais feio, por ser causado pelo ciúme; procurou provar que D. Carolina, cônscia[338] de seus encantos e beleza, queria ser senhora absoluta de todos os corações e até de todos os seres, que ela se enchera de zelos supondo, com razão, que Augusto desse subido valor à rosa, por lhe ser dada por uma moça bela como era a autora e, enfim, que o ciúme da ré era tão excessivo, que já na tarde antecedente jurara a perda daquela flor, por desconfiar que o zéfiro[339] brincava mais com ela do que com seus olhos.

Filipe não se deixou ficar atrás. Argumentou dizendo que era impossível decidir que mão tinha dado a morte à bela cativa, que não houvera premeditação, porque a ré não quisera matar mas, sim libertar; que, se havia crime, só o cometera a autora, por prender uma inocente flor; e que, por último, ainda quando fosse a ré que desfolhara a rosa e mesmo dando-se o propósito de o fazer, dever-se-ia atribuir tal ação à piedade, pois que D. Quinquina a estava matando pouco a pouco com o veneno da inveja, colocando-a tão perto de suas faces, que tanto a venciam em rubor e viço.

As juradas recolheram-se ao *toilette*[340] e cinco minutos depois voltaram com a sentença, que foi lida por D. Clementina.

O júri declarou D. Carolina criminosa e a condenou a indenizar o dono da rosa com um beijo.

– Para fazer tal, disse a ré, não carecia eu de sentença do júri; tome um beijo, minha prima...

– Não é a mim que o deve dar, respondeu a autora; o dono da rosa é o Sr. Augusto.

De rosa fez-se então o rosto de D. Carolina.

– O beijo! o beijo! gritaram as juradas. Você deu sua palavra!

Ela hesitou alguns momentos... depois, aproximou-se de Augusto e, com seu sorriso feiticeiro e irresistível nos lábios, disse:

– O senhor me perdoa?...

– Não! Não! Não! clamaram de todos os lábios.

Mas a menina parecia contar com o poder de seus lábios, porque, sorrindo-se ainda do mesmo modo, tornou a perguntar com meiguice e ternura:

– Me perdoa?...

– Não! não!

– Porém, como resistir ao seu sorriso?... como dizer que não a quem pede como ela?... exclamou Augusto, entusiasmado.

D. Carolina estava, pois, perdoada.

338. cônscia – consciente; ciente de algo.
339. zéfiro – vento fresco; brisa suave.
340. *toilette* – palavra francesa que designa local para se vestir ou banheiro.

– Agradecida! disse ela com vivo acento de gratidão e estendeu sua destra[341] para Augusto que, não podendo ceder tudo com tão criminoso desinteresse, tomou entre as suas aquela mãozinha de querubim e fez estalar sobre ela o beijo mais gostoso que tinham até então dado seus lábios.

A manhã deste dia foi assim passada; e à tarde voltou-se aos preparativos do sarau[342].

# XVI

# O sarau

Um sarau é o bocado mais delicioso que temos, de telhados abaixo[343]. Em um sarau todo o mundo tem que fazer. O diplomata ajusta, com um copo de champagne na mão, os mais intrincados[344] negócios; todos murmuram e não há quem deixe de ser murmurado. O velho lembra-se dos minuetes[345] e das cantigas do seu tempo, e o moço goza todos os regalos da sua época; as moças são no sarau como as estrelas no céu; estão no seu elemento: aqui uma, cantando suave cavatina[346], eleva-se vaidosa nas asas dos aplausos, por entre os quais surde, às vezes, um bravíssimo inopinado, que solta de lá da sala do jogo o parceiro que acaba de ganhar sua partida no écarté, mesmo na ocasião em que a moça se espicha completamente, desafinando um sustenido; daí a pouco vão outras, pelos braços de seus pares, se deslizando pela sala e marchando em seu passeio, mais a compasso que qualquer de nossos batalhões da Guarda Nacional, ao mesmo tempo que conversam sempre sobre objetos inocentes que movem olhaduras e risadinhas apreciáveis. Outras criticam de uma gorducha vovó, que ensaca nos bolsos meia bandeja de doces que veio para o chá, e que ela leva aos pequenos que, diz, lhe ficaram em casa. Ali vê-se um ataviado[347] *dandy*[348] que dirige mil finezas a uma senhora idosa, tendo os olhos pregados na sinhá, que senta-se ao lado. Finalmente, no sarau não

341. destra – sua mão direita.
342. sarau – reunião noturna onde há festa, danças, declamação de poesias, música, jogos, entre outras atividades. Pode ocorrer em casas particulares, ou em grandes teatros e salões.
343. de telhado abaixo – ou de telhas abaixo, ou seja, dentro de casa.
344. intrincados – embaraçados; complicados.
345. minuete – dança antiga de passo simples e lento.
346. cavatina – cantiga curta e com melodia variável.
347. ataviado – enfeitado; adornado.
348. *dandy* – que se veste com exagero; que anda quebrando a cintura.

é essencial ter cabeça nem boca, porque, para alguns é regra, durante ele, pensar pelos pés e falar pelos olhos.

E o mais é que nós estamos num sarau. Inúmeros batéis conduziram da corte para a ilha de... senhoras e senhores, recomendáveis por caráter e qualidades; alegre, numerosa e escolhida sociedade enche a grande casa, que brilha e mostra em toda a parte borbulhar o prazer e o bom gosto.

Entre todas essas elegantes e agradáveis moças, que com aturado empenho se esforçam por ver qual delas vence em graça, encantos e donaires, certo que sobrepuja a travessa Moreninha, princesa daquela festa.

Hábil menina é ela! nunca seu amor-próprio produziu com tanto estudo seu tou cador e, contudo, dir-se-ia que o gênio da simplicidade a penteara e vestira. Enquanto as outras moças haviam esgotado a paciência de seus cabeleireiros, posto em tributo toda a habilidade das modistas da Rua do Ouvidor[349] e coberto seus colos com as mais ricas e preciosas joias, D. Carolina dividiu seus cabelos em duas tranças, que deixou cair pelas costas: não quis adornar o pescoço com seu adereço de brilhantes nem com seu lindo colar de esmeraldas; vestiu um finíssimo, mas simples vestido de garça, que até pecava contra a moda reinante, por não ser sobejamente comprido. E vindo assim aparecer na sala, arrebatou todas as vistas e atenções.

Porém, se um atento observador a estudasse, descobriria que ela adrede se mostrava assim, para ostentar as longas e ondeadas madeixas negras, em belo contraste com a alvura de seu vestido branco, para mostrar, todo nu, o elevado colo de alabastro, que tanto a formoseia, e que seu pecado contra a moda reinante não era senão um meio sutil de que se aproveitara para deixar ver o pezinho mais bem-feito e mais pequeno que se pode imaginar.

Sobre ela estão conversando agora mesmo Fabrício e Leopoldo. Terminam sem dúvida a sua prática. Não importa; vamos ouvi-los.

– Está na verdade encantadora!... repetiu pela quarta vez aquele.

– Danças com ela? perguntou Leopoldo.

– Não, já estava engajada para doze quadrilhas.

– Oh! lá vai ter com ela o nosso Augusto. Vamos apreciá-lo.

Os dois estudantes aproximaram-se de Augusto, que acabava de rogar à linda Moreninha a mercê da terceira quadrilha.

– Leva de tábua, disse Fabrício ao ouvido de Leopoldo... é a mesma que eu lhe havia pedido.

Mas a jovenzinha pensou um momento antes de responder ao pretendente; olhou para Fabrício e com particular mover de lábios pareceu mostrar--se descontente; depois riu-se e respondeu a Augusto:

– Com muito prazer.

– Mas, minha senhora, disse Fabrício, vermelho de despeito e aturdido[350] com um beliscão que lhe dera Leopoldo; há cinco minutos que já estava engajada até a duodécima.

349. Rua do Ouvidor – endereço famoso do Rio de Janeiro, que no Segundo Império reunia o comércio e os preceitos da moda, na sociedade carioca.

350. aturdido – nesse contexto a palavra significa atordoado, perturbado.

– É verdade, tornou D. Carolina; e agora só acabo de ratificar uma promessa: o Sr. Augusto poderá dizer se ontem pediu-me ou não a terceira contradança?

– Juro... balbuciou Augusto.

– Basta! acudiu Fabrício interrompendo-o; é inútil qualquer juramento de homem, depois das palavras de uma senhora.

Fabrício e Leopoldo retiraram-se; D. Carolina, que tinha iludido o primeiro, vendo brilhar o prazer na face de Augusto, e temendo que daquela ocorrência tirasse este alguma explicação lisonjeira demais, quis aplicar um corretivo e, erguendo-se, tomou o braço de Augusto. Aproveitando o passeio, disse:

– Agradeço-lhe a condescendência com que ia tomar parte na minha mentira... foi necessário que eu praticasse assim; quero antes dançar com qualquer, do que com aquele seu amigo.

– Ofendeu-a, minha senhora?

– Certo que não, mas... diz-me coisas que não quero saber.

– Então... que diz ele?...

– Fala tantas vezes em amor...

– Meu Deus! é um crime que eu tenho estado bem perto de cometer!

– Pois bem, foi esta a única razão.

– Mas eu temo perder a minha contradança... alguns momentos mais e serei réu como Fabrício.

– A culpa será de seus lábios.

– Antes dos seus olhos, minha senhora.

– Cuidado, Sr. Augusto! lembre-se da contradança!

– Pois será preciso dizer que a detesto?...

– Basta não dizer que me ama.

– É não dizer o que sinto, eu... não sei mentir.

– Ainda há pouco ia jurar falso...

– Nas palavras de um anjo ou de uma...

– Acabe.

– Tentaçãozinha.

– Perdeu a terceira contradança.

– Misericórdia! eu não falei em amor!...

Neste momento a orquestra assinalou o começo do sarau. É preciso antecipar que nós não vamos dar ao trabalho de descrever este, é um sarau, como todos os outros, basta dizer o seguinte:

Os velhos lembraram-se do passado, os moços aproveitaram o presente, ninguém cuidou do futuro. Os solteiros fizeram por lembrar-se do casamento, os casados trabalharam por esquecer-se dele. Os homens jogaram, falaram em política e requestaram as moças; as senhoras ouviram finezas, trataram de modas e criticaram desapiedosamente umas as outras. As filhas deram carreirinhas ao som da música, as mães, já idosas, receberam cumprimentos por amor daquelas e as avós, por não ter que fazer nem que ouvir, levaram todo o tempo a endireitar as toucas e a comer doces. Tudo esteve debaixo destas regras gerais, só resta dar conta das seguintes particularidades:

D. Carolina sempre dançou a terceira contradança com Augusto, mas, para isso, foi preciso que a Sra. D. Ana empenhasse todo o seu valimento[351]; a tirana princesinha da festa esteve realmente desapiedada; não quis passear com o estudante.

A interessante D. Violante fez o diabo a quatro: tomou doze sorvetes, comeu pão-de-ló, como nenhuma, tocou em todos os doces, obrigou alguns moços a tomá-la por par e até dançou uma valsa de corrupio.

Augusto apaixonou-se por seis senhoras com quem dançou; o rapaz é incorrigível. E assim tudo mais.

Agora são quatro horas da manhã; o sarau está terminado, os convidados vão retirando-se e nós, entrando no *toilette*, vamos ouvir quatro belas conhecidas nossas, que conversam com ardor e fogo.

– É possível?!... exclamou D. Quinquina, dirigindo-se à sua mana; pois é verdade que esse Sr. Augusto lhe fez uma declaração de amor?...

– Como quer que lhe diga, maninha?... Asseverou[352] que meus olhos pretos davam à sua alma mais luz do que a seus olhos todos os candelabros da sala nesta noite, e mesmo do que o sol, nos dias mais brilhantes... palavras dele.

– Que insolente!... tornou D. Quinquina; ele mesmo, que me jurou ser a mais bela a seus olhos e a mais cara a seu coração, porque meus cabelos eram fios d'ouro e a cor das minhas faces o rubor de um belo amanhecer!... palavras dele.

– Que atrevido!... bradou D. Clementina; o próprio que afirmou ser-lhe impossível viver sem alentar-se com a esperança de possuir-me, porque eu sabia ferir corações com minhas vistas e curar profundas mágoas com meus sorrisos!... palavras dele.

– Oh! que moço abominável!... disse, por sua vez, D. Gabriela; e ousou dizer-me que me amava com tão subida paixão que, se fora por mim amado e pudesse desejar e pedir algum extremo, não me pediria como as outras, para beijar-me a face, porque das virgens do céu somente se beija os pés, e de joelhos!... palavras dele.

– Mais isto é um insulto feito a todas nós!

– Como se estará ele rindo!...

– Qual! se ele está apaixonado!...

– Apaixonado?!... E por quem?

– Por nós quatro... talvez por outras mais... ele pensa assim.

– Que maldito brasileiro com alma de mouro!...

– E havemos de ficar assim?...

– Não, acudiu D. Joaninha, vamos ter com ele, desmascaremo-lo.

– Isto é nada para quem não tem vergonha!...

– Pois troquemos os papéis: finjamos que estávamos tratadas para desafiar-lhe os requebros... ridicularizemo-lo como for possível.

351. valimento – ter valor; ato ou efeito de valer; ter importância.
352. asseverar – afirmar, certificar, assegurar.

– Sim... obriguemo-lo a dizer qual de nós é a mais bonita. Cada uma lhe pedirá um anel de seus cabelos... uma prenda... uma lembrança... ponhamo-lo doido...

– Muito bem pensado! vamos!

– Deus nos livre! à vista de tanta gente!...

– Então, quando e onde?

– Uma ideia!... seja a zombaria completa: escreva-se uma carta anônima, convidando-o para estar ao romper do dia na gruta.

– Bravo! então escreva...

– Eu não, escreva você...

– Deus me defenda!... escreva, D. Gabriela, que tem boa letra...

– Então, nenhuma escreve.

– Pois tiremos por sorte!

A idéia foi recebida com aprovação e a sorte destinou para secretária D. Clementina que, tirando de seu álbum um lápis e uma tira de papel, escreveu sem hesitar:

"Senhor: – Uma jovem que vos ama e que de vós escutou palavras de ternura, tem um segredo a confiar-vos. Ao raiar da aurora a encontrareis no banco de relva da gruta; sede circunspecto[353] e vereis a quem, por meia hora ainda, quer ser apenas – *Uma incógnita*."

– Bem, disse D. Quinquina, eu me encarrego de fazer-lhe receber a carta. Saiamos.

As quatro moças iam sair, quando um suspiro as suspendeu; mais alguém estava no *toilette*. D. Joaninha, medrosa de que uma testemunha tivesse presenciado a cena que se acabava de passar, voltou-se para o fundo do gabinete e o susto para logo se lhe dissipou.

– Vejam como ela dorme!... disse.

Com efeito, recostada em uma cadeira de braços, D. Carolina estava profundamente adormecida.

A Moreninha se mostrava, na verdade, encantadora no mole descuido de seu dormir, à mercê de um doce resfolegar[354], os desejos se agitavam entre seus seios; seu pezinho bem à mostra, suas tranças dobradas no colo, seus lábios entreabertos e como por costume amoldados àquele sorrir cheio de malícia e de encanto que já lhe conhecemos e, finalmente, suas pálpebras cerradas e coroadas por bastos e negros supercílios, a tornavam mais feiticeira que nunca.

D. Clementina não pôde resistir a tantas graças; correu para ela... dois rostos angélicos se aproximaram... quatro lábios cor-de-rosa se tocaram e este toque fez acordar D. Carolina.

Um beijo tinha despertado um anjo, se é que o anjo realmente dormia.

---

353. circunspecto – respeitável; grave.

354. resfolegar – respirar; tomar fôlego.

# XVII

# Foram buscar lã e saíram tosquiadas

Se houve alguém que quisesse servir a D. Quinquina, ou se foi ela mesma quem pôs a carta anônima no bolso da jaqueta de Augusto, é coisa que pouco interesse dá; o certo é que o estudante, indo tirar o lenço para assoar-se, achou o interessante escritinho; então correu logo para um lugar solitário, e só depois de devorar o convite sem assinatura foi que lembrou-se que ainda não se havia assoado e que o pingo estava cai não cai na ponta do nariz; enfim, ainda com o lenço acudiu a tempo, e depois entendeu que, para melhor decidir o que lhe cumpria fazer naquela conjuntura, deveria avivar o cérebro, sorvendo uma boa pitada de rapé. Portanto, lançou a mão ao segundo bolso de sua jaqueta, e eis que lhe sai com a caixa do bom Princesa um outro escritinho como o primeiro.

– Bravo! exclamou o nosso estudante; temíveis mãozinhas seriam estas, se se dessem ao exercício não de encher, mas de vazar as algibeiras da gente.

E sem mais dizer, abriu e leu o escrito.

"Senhor: – Uma moça, que nem é bonita nem namorada, mas que quer interessar-se por vós, entende dever prevenir-vos que no banco de relva da gruta não achareis ao amanhecer uma incógnita, porém sim conhecidas, que pretendem zombar de vós, porque esta mesma noite jurastes amar a cada uma delas em particular. Não procureis adivinhar quem vos escreve, porque, apesar de ser vossa amiga, serei por agora – *Uma incógnita*"

– Muito bonito! muito bonito!... disse Augusto beijando o bilhete; estou exatamente representando um papel de romance! mas quem sabe se ainda acharei mais cartas?...

E nisto pensando, foi correndo um por um todos os bolsos dos seus vestidos, sem esquecer o do relógio, e até passou os dedos pela sua basta cabeleira, presumindo que talvez introduzissem algum no enorme canudo de cabelo que lhe escondia as orelhas.

Porém, nada mais havia; também duas cartas tão curiosas já eram de sobra em uma só noite.

O estudante pensou no conteúdo de ambas e ainda reflexionava se lhe cumpria fugir ou aceitar um certame com quatro moças, que ele adivinhava quais eram, quando a primeira rosa da aurora se desabriu no horizonte. Augusto correu para a gruta encantada.

Chegando ao pé, foi de mansinho se aproximando, sentiu rumor e ouviu que alguém dizia em tom baixo:

– Oh! se ele vier!

– Ei-lo aqui, minhas belas senhoras, exclamou o estudante, que entendeu não lhes dever nunca dar tempo a tomar a ofensiva; eis-me aqui!...

As moças, que estavam todas sentadinhas no banco de relva, como quatro pombas rolas enfiladas no mesmo galho, ergueram-se sobressaltadas ao ver entrar inopinadamente o estudante; era isso mesmo o que ele queria, pois continuou:

– As senhoras veem que acudi de pronto ao honroso convite e que me entusiasmo vendo quatro auroras, em lugar de uma só! Belo amanhecer é este, sem dúvida... mas, exposto ao fogo abrasador de oito olhos brilhantes... eu me sinto arder... juro que tenho sede... Eis ali uma fonte... Mas, meu Deus, é a fonte encantada que descobre os segredos de quem está conosco!... Bem! bem! melhor... uma gota desta linfa de fadas!...

– O que é que ele está dizendo, mana? exclamou D. Quinquina, apontando para Augusto, que tinha entre os lábios o copo de prata.

– É preciso decidir-nos a começar, disse D. Gabriela.

– Principie você, disse D. Joaninha.

– Eu não, comece você...

Então o estudante, que tinha acabado de esgotar o seu copo d'água, voltou-se para elas, e dando a seu rosto uma expressão animada e às palavras estudado acento:

– Começo eu, minhas senhoras, disse, e começo por dizer-vos que aquela fonte é realmente encantada; sim, eu tenho, à mercê de sua água, adivinhado belos segredos: escutai vós... Perdoai e consenti que vos trate assim, enquanto vos falar inspirado por um poder sobrenatural. Vós viestes aqui para maltratar-me e zombar de mim, por haver amado a todas vós numa só noite; que ingratidão!... eu vos poderia perguntar como o poeta:

Assim se paga a um coração amante?!

Mas, desgraçadamente, a fada que preside àquela fonte, quer mais alguma coisa ainda e me dá uma cruel missão! Ordena-me que eu diga a cada uma de vós, em particular, algum segredo do fundo de vossos corações, para melhor provar os seus encantamentos. Pois bem, é preciso obedecer; qual de vós quer ser a primeira?... Eu não ouso falar alto, porque pelo jardim talvez estejam passeando alguns profanos. Qual de vós quer ser a primeira?...

Nenhuma se moveu.

– Será preciso que eu escolha? continuou o tagarela. Escolherei, minhas senhoras, escolherei... Iluminai-me, boa fada! Quem será?... será... a... Sra. D. Gabriela.

– Eu?! respondeu a menina, recuando.

– A senhora mesma, disse Augusto, trazendo-a pela mão para junto da fonte; vinde, senhora, para bem perto do lugar encantado; agora silêncio... ouvi.

– Ele está mangando conosco, murmurou D. Clementina.

Augusto já estava falando em voz baixa a D. Gabriela.

– Vós, senhora, ainda não amastes a pessoa alguma; para vós amor não existe: é um sonho apenas, só olhais como real a galanteria[355]; vós queríeis zombar de mim, porque vos protestei os mesmos sentimentos que havia protestado a mais três companheiras vossas e, todavia, estais incursa em igual delito, pois só por cartas vos correspondeis com cinco mancebos.

– Senhor!...

– Oh! não vos impacienteis; quereis provas?... Há quatro dias, uma vendedeira de empadas, que se encarrega de vossas cartas, enganou-se na entrega de duas; trocou-as e deu, se bem me lembra a fada, a de lacre azul ao Sr. Juca e a de lacre verde ao Sr. Joãozinho.

– Ora... ora, senhor! quem lhe contou essas invenções?

– A fada! e fez mais ainda. Vós não achareis em vosso álbum o escrito desesperado do Sr. Joãozinho, que vos foi entregue no momento de vossa partida para esta ilha; sou eu que o tenho, a fada mo deu há pouco com sua mão invisível.

– Impossível! balbuciou D. Gabriela, recorrendo ao seu álbum.

Ela não podia encontrar o escrito.

– Sr. Augusto, disse então, toda vergonha e acanhamento; eu lhe rogo que me dê esse papel.

– Pois não quereis ouvir mais nada?...

– Basta o que tenho ouvido e que não posso bem compreender; mas dê-me o que lhe pedi.

– Daqui a pouco, senhora, na hora de minha partida para a corte, porém, com uma condição.

– Pode dizê-la.

– Sois sobremaneira[356] delicada, senhora; este excesso vos deve ser nocivo; quereis fazer-me o obséquio de ir descansar e dar-me a honra de aceitar a minha mão até à porta da gruta?...

– Com muito prazer.

4D. Gabriela pôde apenas dizer-lhes:

– Até logo.

Chegando à porta, Augusto falou já em outro tom:

– Minha senhora, espero que me faça a justiça de crer que fico extremamente penalizado por não poder dilatar por mais tempo a glória de acompanhá-la; mas sabe o que ainda tenho de fazer.

– Obrigada, respondeu D. Gabriela, não poupe as outras.

Não é possível bem descrever a admiração das três.

Augusto chegou-se a D. Quinquina, e tomando-lhe a mão, disse:

– Minha senhora, é chegada vossa vez.

D. Quinquina deixou-se levar para junto da fonte; as moças tinham perdido toda a força; o que diante delas se passava pedia uma explicação que não estava ao seu alcance dar. Augusto começou:

355. galanteria – aquele que galanteia, paquera.

356. sobremaneira – excessivamente, além do devido, extremamente.

– Senhora, eu poderia dizer-vos, pelo que me conta a boa fada, que vós sois como as outras de vossa idade, tão volúveis como eu; mas para tal saber não precisava eu beber da água encantada; podia também gastar meia hora em falar-vos do vosso galanteio com um tenente da Guarda Nacional, por nome Gusmão...

– Senhor!...

– Por nome Gusmão, que leva o seu despotismo amoroso ao ponto de exigir que não valseis, que não tomeis sorvetes, que não deis *dominus tecum* quando ao pé de vós espirrar algum moço e que não vos riais quando ele estiver sério.

– Quem lhe disse isso, senhor?...

– A fada, senhora; e ainda me disse mais: por exemplo, contou-me que no baile desta noite, passeando com um velho militar, vós recebestes da mão dele um lindo cravo e a seus olhos o escondestes, com gesto apaixonado, no palpitante seio; mas daí a um quarto de hora essa mesma flor, tão ternamente aceita, deveria ir parar no bolso de um belo jovem, chamado Lúcio, se acaso não fosse roubada pela fada que preside esta fonte.

– Eu não entendo nada do que o senhor está dizendo... isso não é comigo.

– Eu me explico: o Sr. Lúcio viu ser dado e recebido o presente e, fingindo-se zeloso, vos pediu esse cravo, muito notável, porque, além da flor aberta, havia sete flores em botão. Ora, dizei, não é verdade? Pois o Sr. Lúcio queria esse cravo, mas vós lho não podíeis dar, porque o velho militar não tirava os olhos de vós; ora, conversando com o Sr. Lúcio, acordastes ambos que ele iria esperar um instante no jardim e que um pequeno escravo, por nome Tobias, lhe levaria a flor; e como o tal Tobias ainda não conhecia o Sr. Lúcio, este lhe daria por senha as seguintes palavras: *sete botões*; não foi assim?

D. Quinquina guardou silêncio; tudo era verdade; ela estava cor de nácar. Augusto prosseguiu:

– Isto se passou estando vós na grande varanda, sentados em um banco e com as costas voltadas para uma janela da sala do jogo; ora, a fada esteve recostada a essa janela, ouviu quanto dissestes e, como lhe é dado tomar todas as figuras, tomou a de moço, foi ao jardim, e quando viu o Tobias, disse sete botões; e o cravo foi logo da fada e é agora meu, ei-lo aqui!...

– Isto é uma invenção; eu não conheço essa flor.

– Bem! então consentireis que eu a traga esta manhã no meu peito?... Se não confessais, eu a mostrarei... O senhor coronel ainda se não retirou e...

– Perdoe-me, balbuciou, enfim, D. Quinquina, deixando cair uma lágrima na mão de Augusto. Dê-me esse maldito cravo.

– Eu vo-lo darei na hora de minha partida, senhora, porém, ouvi mais.

– Basta.

– Pois bem, basta; mas eu vejo que vossa face está umedecida; seria uma lágrima se o relento da noite não molhasse também a rosa. Quereis descansar, sem dúvida; poderei gozar o prazer de conduzir-vos até à porta da gruta?...

– Sim, senhor.

Duas guerreiras tinham sido batidas; só a curiosidade retinha as outras: Augusto se chegou para elas e falou a D. Clementina:

– Agora nós, senhora.

Ela deixou-se levar pela mão até junto da fonte, e o estudante começou:

– Quereis fatos de anteontem ou da noite passada, senhora?

– Eu não entendo o que o senhor quer dizer.

– Pergunto, senhora, se vos dá gosto que eu vos repita o que convosco se passou, quando tomáveis um sorvete ao lado de um jovem de cabelos negros... o que convosco conversou o meu colega Filipe, quando tomáveis chá?

– Eu não preciso saber nada disso.

– Então dir-vos-ei o que mais vos interessa, sossegarei mesmo os vossos cuidados e os do Sr. Filipe, a respeito da perda de certo objeto...

– Sr. Augusto!...

– Senhora, foi a fada desta misteriosa fonte quem vos roubou um precioso embrulho que continha uma trança de vossos cabelos e que deveria ser achado embaixo da quarta roseira da rua que vai ter ao caramanchão, e essa trança pára, hoje, em minhas mãos, ei-la aqui...

– Oh! dê-ma.

– Não preferis antes que eu a entregue ao feliz para quem a destináveis?

– Não, eu lhe peço que ma dê.

– Eu estou pronto a obedecer-vos, senhora, mas só na hora de minha partida. Vós quatro queríeis zombar de mim; não concebo até onde iria a vossa vingança; preciso de reféns que assegurem a paz entre nós; estes são meus; quereis saber mais alguma coisa?

– Eu já sei que o senhor sabe demais!

– Então...

– Quer, como as duas primeiras, oferecer-me a mão e obrigar-me a desamparar o campo?

– Venceu, senhor, e sou eu que lhe peço que me acompanhe até à porta da gruta.

– Eu estou pronto, senhora, para servir-vos em tudo.

Só restava D. Joaninha, era a vez dela.

– Eu vos deixei para o fim, disse Augusto, porque a vós é que eu mais admiro, porque vós sois exatamente a única dentre elas que tem amado melhor e que mais infeliz tem sido, eu vos explicarei isto. Sois, todavia, um pouco excessiva em exigências...

– Que quer dizer, Sr. Augusto?

– Que quereis muito, quando ordenais a um estudante que vos escreva quatro vezes por semana, pelo menos; que passe por defronte de vossa casa quatro vezes por dia; que vá a miúdo ao teatro e aos bailes que frequentais, e até que não fume charutos de Havana nem de Manilha, por ser falta de patriotismo.

– Quem lhe disse isso, senhor!?

– A fada, senhora, que sabe que amais a um moço, a quem dais a honra de chamar querido primo.

– É uma vil[357] traição!

– Exatamente diz o mesmo a nossa boa fada, e ainda mais, senhora: quer que eu vos aconselhe a que desprezeis esse jovem infiel, que não sabe pagar o vosso amor; eu poderia dar-vos provas...

– Não as tenho eu bastantes, exclamou D. Joaninha com sentimento, quando lhe ouço repetir o que deveria ser sabido dele e de mim somente?

Augusto ia falar; ela o interrompeu.

– Senhor, eu agradeço o benefício que recebi; o senhor quis zombar de mim, como das outras, mas não o fez; ao contrário, atalhou[358] em princípio uma grande enfermidade, que, talvez, fosse daqui a pouco tempo incurável! Eu galanteio também às vezes, porém, sei amar até o extremo. Adeus, senhor! eu posso apenas agradecer-lhe, dizendo que tenho tanta confiança na sua discrição e no seu caráter, que nem mesmo lhe recomendo o cuidado do meu segredo.

D. Joaninha ia deixar a gruta; Augusto lhe ofereceu o braço.

– Agradecida, disse ela; permita que eu entre só em casa.

Augusto ficou só. Esteve alguns momentos lembrando-se da cena que acabava de ter lugar; finalmente disse, soltando uma risada:

– Vieram buscar lã e saíram tosquiadas[359]!

E já estava para pôr o pé fora da gruta, quando uma voz branda e sonora o suspendeu, dizendo:

– Agora, Sr. Augusto, é chegada a sua vez[360]...

# XVII

# Achou quem o tosquiasse

Escutando aquelas inesperadas palavras que o chamavam para a mesma posição em que ele tinha colocado as quatro moças, Augusto voltou-se de repente e viu no fundo da gruta a interessante Moreninha, que enchia o copo de prata.

– Minha senhora!... balbuciou[361] o estudante, confuso.

357. vil – infame, desprezível.
358. atalhou – interrompeu, fez parar, interrompeu a fala.
359. conjuntura – circunstância, ocasião, coincidência de fatos.
360. " – Agora, Sr. Augusto. É chegada a sua vez..." – neste momento inicia-se o clímax e desfecho do romance urbano, seguindo os padrões de uma novela de folhetim, no qual ocorre as grandes revelações tão esperadas pelos seus leitores. Observe novamente a presença da natureza nas cenas.
361. balbuciou – falar imperfeitamente, baixo, falar de uma forma quase imperceptível.

D. Carolina respondeu-lhe primeiro com o seu costumado sorriso, e depois continuou assim:

– Não se dirá que um homem zombou impunemente de quatro senhoras; uma outra toma o cuidado de vingá-las. Senhor estudante, eu também sou adepta ao culto desta fada e vou invocá-la em meu auxílio.

A menina travessa bebeu em seguida a estas palavras o seu copo d'água e depois, imitando o estilo de Augusto, que se achava junto dela, disse:

– Quereis que vos fale do passado, do presente ou do futuro?

– De todas essas épocas... ao menos para ouvir por mais tempo os vaticínios[362] e palavras de tão amável Sibila[363].

– Pois então principiemos pelo passado. Oh! que belas revelações me fez a fada! Sim, eu estou lendo no livro da vossa vida, estou vendo tudo, estou dentro do vosso espírito e de vosso coração!

– Oh! sim, eu juro que isso é verdade, atalhou o estudante.

A menina fingiu não entender a alusão[364] e continuou:

– Senhor, vós amastes muito cedo... creio... sim, foi de idade de treze anos.

Augusto recuou um passo e ela prosseguiu:

– Amastes, sim, a uma menina de sete anos, com quem brincastes à borda do mar.

– E quem era ela? Como se chamava? perguntou Augusto com fogo, talvez pensando que D. Carolina estava, com efeito, adivinhando e podia dizer-lhe o que ele mesmo ignorava.

– Posso eu sabê-lo? respondeu a Moreninha; a fada só me diz o que se passou em vosso coração e vós, por certo, que também não sabeis quem era essa menina e só a conheceis pelo nome de *minha mulher*.

– Prossiga, minha senhora!

– Poderia eu contar-vos uma longa história de velho moribundo, esmeralda, camafeu, mas basta de vossa mulher; permiti que vos diga que mostrava ser uma criança doidinha, que cedo começava a fazer loucuras.

– Que cruel juízo!

– Oh! não vos agasteis[365]; eu a respeito também, em atenção a vós, porém, vamos acabar com o vosso passado. Houve um tempo em que quisestes figurar entre os amigos como galanteador de damas, e por justo e bem merecido castigo fostes desgraçado: todas elas zombaram de vós!

E a menina interrompeu-se, para rir-se da cara que fazia Augusto.

– Ora, por esta não esperava eu, disse o estudante.

– A primeira jovem que requestastes foi uma moreninha de dezesseis anos, que jurou-vos gratidão e ternura, e casou-se oito dias depois com um velho de sessenta anos! não foi assim?

E a menina, de novo, desatou a rir.

– Minha senhora, de que gosta tanto?

---

362: vaticínios – profecia, predição

363. sibila – sacerdotisa do deus Apolo, era seu oráculo, ou seja, aquela que revelava o futuro.

364. alusão – referência vaga, indireta.

365. agasteis – irritação, preocupação.

– Ora! é que a fada está-me dizendo que ainda em cima vossos amigos, quando souberam de tal, deram-vos uma roda de cacholetas!

– Então a Sra. D. Ana lhe contou tudo isso?

– Juro-vos, senhor, que minha avó não me fala em semelhantes objetos. Consenti que eu continue. A segunda foi uma jovem coradinha, a quem em uma noite ouvistes dizer num baile que éreis um pobre menino com quem ela se divertia nas horas vagas, não foi assim?

– Prossiga, minha senhora.

– A terceira foi uma moça pálida, que zombou solenemente, tanto de um primo que tinha, como de vós. Eis alguns de vossos principais galanteios. Exasperado com o infeliz resultado deles e vivamente tocado das letras e da música de certo lundu que se vos cantou, tomastes outro partido e desde então vós pretendeis fazer-vos passar por borboleta de amor.

– Borboleta?!... Sim... Sim... lembro-me agora que a senhora passeava pelo jardim. Já sei de quem foram certas carreirinhas e, portanto, compreendo que sabeis tudo à custa de...

– À custa da fada, senhor, e escuso estender-me mais, porque vós estais bem certo de que eu devo saber ainda muito.

– Sim, mas diga sempre.

– Não, antes quero falar-vos do vosso presente.

– Pelo amor de seus belos olhos, minha senhora, vamos antes ao que eu não sei, vamos ao meu futuro.

– Sois sobejamente sôfrego! não vedes como isso vai contra a boa ordem da nar ração?

– Mas a desordem é hoje a moda! o belo está no desconcerto; o sublime no que se não entende; o feio é só o que podemos compreender: isto é romântico; queira ser romântica, vamos ao meu futuro.

– Pois bem, vamos ao vosso futuro. Principiarei, como pretendia fazer, se falasse do presente de vossa vida, dizendo-vos que vós não sois inconstante como afetais.

– Misericórdia!

– Mas que estais a ponto de o ser: digo-vos que perdereis uma certa aposta que fizestes com três estudantes.

– Como é isso? Então a senhora sabe...

– A fada, que me revelou isso, leu a termo na carteira de quem o guardou.

– A fada? sim, a feiticeira o leu... Compreendo.

– Vós não sois inconstante, porque tendes até hoje cultivado com religioso empenho o amor de *vossa mulher*; mas vós ides ser, porque não longe está o dia em que a esquecereis por outra.

– A culpa será dos olhos dessa outra; porém, quem sabe?...

– Desejo que não; contudo, eu já vos vejo em princípio e temo que vades ao fim; sereis perjuro, tereis de escrever um romance e perdoai-me se vos desejo este mal: eu quisera que ao pé de meu irmão, que vos apresentará o termo da aposta, aparecesse a vossos olhos a mulher traída. Do vosso futuro eis quanto me disse a fada.

– E disse bastante para me confundir.

– Quereis que vos fale agora de vosso presente?

– Oh, se quero! No presente está a minha glória.

– Ontem, no baile, dissestes palavras de ternura pelo menos a seis senhoras.

– Esta agora é melhor! e quem o pôde notar?

– Provavelmente a fada vos observava.

– Então a fada, a feiticeira fazia isso?

– Depois do baile puseram-vos duas cartas no bolso.

– Que mãos delicadas...

– Não mo sabe dizer a fada; porém, vós viestes para esta gruta acudindo a um convite e fingistes adivinhar segredos de corações. Não era verdade: a fada nada vos revelou; o que dissestes sabíeis antes e a fada me disse como.

– Explique-me, pois, minha senhora.

– Quando involuntariamente fui causa de vos entornarem café nas calças, vós fostes mudar de roupa e entrastes para o gabinete das senhoras; lá ouvistes tudo o que afetastes adivinhar há pouco.

– E quem me viu entrar?

– A fada, sem dúvida. O cravo de D. Quinquina fostes vós que recebestes no jardim; na noite dos jogos de prendas, fostes vós ainda quem, com uma luz na mão, procurou e achou a trança de cabelos de D. Clementina, embaixo da quarta roseira da rua que vai para o caramanchão.

– Mas quem observou o que eu fiz às escondidas e com tanto cuidado?

– A fada, que, segundo penso, vos tem sempre seguido com os olhos.

– A fada?!... a feiticeira me segue sempre com os olhos?!... Oh! como sou feliz!... a feiticeira é a senhora!

– Senhor! sois pouco modesto; que me importariam vossos passos e vossas ações?...

– Perdão! perdão!... eu sou um tresloucado[366]... um incivil[367]... um doido... não sei o que faço, nem o que digo; mas continue...

– Basta! vós duvidastes da fada e por isso eu termino aqui.

– Não! não, minha senhora! é preciso dizer-me mais alguma coisa ainda!... por força a fada lhe deveria ter revelado! ela, que adivinha tudo o que está dentro do meu coração, digo o que ainda se passa nele.

– Nada mais me disse.

– Beba outro copo d'água...

– Não julgo necessário.

– Pois então...

– Cumpre retirar-me.

– Não, por certo! perdoe-me minha senhora, mas eu devo descobrir todos os meus segredos a quem conhece tão boa parte deles.

– Eu me contento com o pouco que sei.

– Ouça uma só palavra...

– Não sou curiosa.

---

366. tresloucado – louco, desvairado, doido.
367. incivil – que não tem civilidade, malcriado, descortês.

– Pois a senhora...

– Sei que sou senhora, mas sou exceção de regra; não quero saber.

– Embora, eu lhe direi ainda contra a vontade...

– E para isso toma-me a saída?...

– É só para dizer que eu amo...

– Já sei, da *sua mulher*.

– Não é isso: a uma bela moça...

– Ela o deve ser agora.

– Muito espirituosa...

– Já ela o era em criança.

– E que se chama...

– Ah! espreitam-nos da entrada da gruta?

Augusto correu a examinar quem era a indiscreta testemunha; não aparecia pessoa alguma; compreendeu então que fora ainda um meio de que se lembrara D. Carolina para não deixá-lo concluir sua declaração e, disposto a lançar-se aos pés da menina, voltou-se já com o nome da bela nos lábios e...

D. Carolina tinha desaparecido da gruta.

# XIX

# Entremos nos corações

O que é bom dura pouco. As festas estão acabadas; nossas belas conhecidas bordam; nossos alegres estudantes estão de livro na mão. Mas, pelo que toca a estes, qual é, digam-me, qual é o estudante que, depois de uma patuscada de tom, não fica por oito dias incapaz de compreender a mais insignificante lição? Isto sucede assim; essa pobre gente vê, por toda a parte, e misturando-se com todos os pensamentos, no livro em que estuda, nas estampas que observa, na dissertação que escreve, o baile, as moças e os prazeres que apreciou.

O nosso Augusto, por exemplo, está agora bronco para as lições e impertinente com tudo. Rafael é quem paga o pato; se o inocente moleque lhe apronta o chá muito cedo, apanha meia dúzia de bolos[368], porque quer ir vadiar pelas ruas; se no dia seguinte se demora só dez minutos, leva dois pescoções, para andar mais ligeiro. Não há, enfim, coisa alguma que possa contentar o Sr. Augusto; está aborrecido da Medicina, tem feito duas gazetas

368. bolos – pancadas nas mãos, palmatórias.

na aula; de ministerial que era, passou-se para a oposição; não quer mais ser assinante de periódicos, não há para seus olhos lugar nenhum bonito no mundo; aborrece a corte, detesta a roça e só gosta das ilhas.

Deveremos fazer-lhe uma visita; ele está em seu gabinete e um pouco menos car rancudo, porque Leopoldo, o seu amigo do coração, o acompanha e tem a paciência de estar ouvindo, pela duodécima vez, a narração do que com ele se passou na ilha de...

Segundo parece, Augusto acaba de relatar o que ocorreu na gruta, entre ele e a bela Moreninha, porque Leopoldo lhe perguntou:

– E por onde fugiria ela?...

– Por uma difícil saída que eu não havia observado, respondeu Augusto, e que exa tamente se praticava no fundo da gruta.

– Que diabinho de menina!

– Quanto mais se tu notasses a graça e malícia com que ela, quando eu entrei na sala, me perguntou sossegadamente: "Esteve dormindo na gruta, Sr. Augusto?..."

– Então ela gostou da tua semideclaração?!...

– Não... não... se ela tivesse gostado, não me fugiria.

– Ora, é boa! não devia fazer outra coisa.

– Se ela gostasse de mim!... mas, por que me não deu um só sinal de ternura?... Tam bém eu, às vezes tão adiantado, fui desta um tolo, um basbaque! tremi diante de uma criança que não tem quinze anos e não soube dizer duas palavras.

– Estás doido, Augusto, e doido varrido; acredita que D. Carolina foi mais sensível aos teus cumprimentos que aos de nenhum outro, e se não, diz por que se não deixou ela dormir, como as outras senhoras, e foi à hora de tua partida passear pela praia e ver-te embarcar?... Por que ficou ali passeando até desaparecer o teu batelão?...

– Isto não significa nada.

– Ora, ature-se um namorado!... mas venha cá, Sr. Augusto, então como é isso?... estamos realmente apaixonados?!

– Quem te disse semelhante asneira?...

– Há três dias que não falas senão na irmã de Filipe e...

– Ora, viva! quero divertir-me... digo-te que a acho feia, não é lá essas coisas; parece ter mau gênio. Realmente notei-lhe muitos defeitos... sim... mas, às vezes... Olha, Leopoldo, quando ela fala ou mesmo quando está calada, ainda melhor; quando ela dança ou mesmo quando está sentada... ah! ela rindo-se... e até mesmo séria... quando ela canta ou toca ou brinca ou corre, com os cabelos *à négligé*[369], ou divididos em belas tranças; quando... Para que dizer mais? Sempre, Leopoldo, sempre ela é bela, formosa, encantadora, angélica!

– Então, que história é essa? Acabas divinizando[370] a mesma pessoa que, principiando, chamaste feia?...

369. *à négligé* – expressão francesa que significa solto, à vontade, livre.
370. divinizando – achar algo divino, idolatrar.

– Pois eu disse que ela era feia? É verdade que eu... no princípio... Mas depois... Ora! estou com dores de cabeça, este maldito Velpeau!... Que lição temos amanhã?

– Tratar-se-á das apresentações de...

– Temos maçada! Quem te perguntou por isso agora? Falemos de D. Carolina, do baile, do...

– Eis aí outra! Não acabaste de perguntar-me qual era a lição de amanhã?

– Eu? Pode ser... Esta minha cabeça!...

– Não é a tua cabeça, Augusto, é o teu coração.

Houve um momento de silêncio. Augusto abriu um livro e fechou-o logo; depois tomou rapé, passeou pelo quarto duas ou três vezes e, finalmente, veio de novo sentar-se junto de Leopoldo.

– É verdade, disse; não é a minha cabeça; a causa está no coração. Leopoldo, tenho tido pejo[371] de te confessar, porém não posso mais esconder estes sentimentos que eu penso que são segredos e que todo o mundo mos lê nos olhos! Leopoldo, aquela menina que aborreci no primeiro instante, que julguei insuportável e logo depois espirituosa, que daí a algumas horas comecei a achar bonita, no curto trato de um dia, ou melhor ainda, em alguns minutos de uma cena de amor e piedade, em que a vi de joelhos banhando os pés de sua ama, plantou no meu coração um domínio forte, um sentimento filho da admiração, talvez, mas, sentimento que é novo para mim, que não sei como o chame, porque o amor é um nome muito frio para que o pudesse exprimir!... Eu já me não conheço... não sei onde irá isto parar... Eu amo! ardo! morro!

– Modera-te, Augusto, acalma-te, não é graça; olha que estás vermelho como um pimentão.

– Oh! tudo naquela ilha fatal se assanhou para enfeitiçar-me, tudo, até a própria mentira.

– E tu acreditaste muito nessa senhora?...

– Escuta, Leopoldo: uma vez que com a avó de Filipe conversava na gruta, eu, fatigado e sequioso[372], bebi um copo d'água da fonte do rochedo; então, a nossa boa hóspeda contou-me uma fabulosa e singular tradição daquela fonte. A água dizia-se milagrosa e quem bebesse dela não sairia da ilha sem amar algum de seus habitantes. Eis aqui, pois, uma mentira, mas uma mentira que excitou a minha imaginação; uma mentira que me perseguiu lá dois dias e que me persegue ainda hoje; uma mentira, enfim, que se transformou em verdade, porque eu bebi daquela água e não pude deixar a ilha sem amar, e muito, um de seus habitantes...

– Deveras que isso não deixa de ser interessante. Mas que efeito esperas tu que provenha de toda essa moxinifada[373]?

– Que efeito?... O... amor...

– Amor?... Amor não é efeito, nem causa, nem princípio, nem fim, e é tudo, tudo isso ao mesmo tempo; é uma coisa que... sim... finalmente, para

371. pejo – com vergonha, anseio, pudor.
372. sequioso – sedento, sôfrego.
373. moxinifada – confusão.

encurtar razões, amor é o diabo... Dize-me, pois, sinceramente falando, qual o resultado que pensas tirar de tudo isso que me contaste.

– Que resultado?... O... amor...

– E ele a dar-me com o maldito amor! Augusto, falemos sério; essa tua exaltação estava muito em ordem num moço que quisesse desposar D. Carolina; porém tu nem cuidas em casamento nem, se tal pensasses, te lembrarias, roceiro como és, de escolher para mulher uma menina que foi criada, educada e pode-se dizer que mora na corte.

– Esta agora não é má!... Deveras que ainda não me passou pela mente a ideia do casamento, nem chegará a tal ponto minha loucura; mas suponhamos o contrário disto: que mal tu achas em que um roceiro se case com uma moça da cidade?...

– Que mal?... Ora, escuta: devendo ir morar na roça, a moça tem, necessariamente, de mudar de costumes e de vida; compreende, pois, quanto atormentará o coração do pobre marido à vista dos dissabores e contrariedades que sofrerá na solidão e monotonia campestre a senhora amamentada no seio dos prazeres e festins da corte!... quanto devem entristecer os suspiros e saudades de que serás testemunha, quando a amada companheira recordar-se de sua família, de suas amigas, do teatro, do passeio, dessa cadeia de delícias, enfim, que, a pesar dela a ligará ainda a seu passado!...

– Oh! não, não, Leopoldo, se o marido for amado por ela!... Quando se ama deveras e se está com o objeto do amor, não se recorda, não se deseja, não se quer mais nada!...

– Tu falas em amor, Augusto?... Ainda bem que somos ambos estudantes da roça e posso dizer-te agora o que entendo, sem medo de ofender a suscetibilidade de cortesão algum. Pois ainda não observaste que o verdadeiro amor não se dá muito com os ares da cidade?... que por natureza e hábito, as nossas roceiras são mais constantes que as cidadoas?... Olha, aqui encontramos nas moças mais espírito, mais jovialidade, graça e prendas, porém, nelas não acharemos nem mais beleza, nem tanta constância. Estudemos as duas vidas. A moça da corte cresce e vive comovida sempre por sensações novas e brilhantes, por objetos que se multiplicam e se renovam a todo o momento, por prazeres e distrações que se precipitam; ainda contra a vontade, tudo a obriga a ser volúvel: se chega à janela um instante só, que variedade de sensações! seus olhos têm de saltar da carruagem para o cavaleiro, da senhora que passa para o menino que brinca, do séquito[374] do casamento para o acompanhamento do enterro! Sua alma tem de sentir ao mesmo tempo o grito de dor e a risada de prazer, os lamentos, os brados de alegria e o ruído do povo; depois, tem o baile com sua atmosfera de lisonjas[375] e mentiras, onde ela se acostuma a fingir o que não sente, a ouvir frases de amor a todas as horas, a mudar de galanteador em cada contradança. Depois, tem o teatro, onde cem óculos fitos em seu rosto parecem estar dizendo – és bela! e assim enchendo-a de orgulho e muitas vezes de vaidade; finalmente, ela se faz por força e por costume tão inconstante como a sociedade em que vive, tão mudável como a moda dos vestidos. Queres agora ver o que se passa

374. séquito – cortejo, acompanhamento.
375. lisonjas – elogiar, cativar.

com a moça da roça?... Ali ela está na solidão de seus campos, talvez menos alegre, porém, certamente, mais livre; sua alma é todos os dias tocada dos mesmos objetos; ao romper d'alva, é sempre e só aurora que bruxuleia[376] no horizonte; durante o dia, são sempre os mesmos prados, os mesmos bosques e árvores; de tarde, sempre o mesmo gado que se vem recolhendo ao curral; à noite, sempre a mesma lua que prateia seus raios na lisa superfície do lago! Assim, ela se acostuma a ver e amar um único objeto; seu espírito, quando concebe uma idéia, não a deixa mais, abraça-a, anima-a, vive eternamente com ela; sua alma, quando chega a amar, é para nunca mais esquecer, é para viver e morrer por aquele que ama. Isto é assim, Augusto; considera que é lá em nossos campos que mais brilham esses sentimentos, que são a mesma vida e que não podem acabar senão com ela!...

– Como estás exagerado, Leopoldo! juraria que desejas casar com alguma moça da roça!

– Oh!... se esse desejo me dominar, certamente que o satisfarei com uma das muitas cachopinhas[377] de minha terra.

– Eu logo vi que nos teus raciocínios e observações andava o gênio da prevenção; escuso-me, porém, de responder-te, pois que falaste em geral e desse modo concedes...

– Que há muitas exceções, sem dúvida?

– Bem! quando não, tu me forçarias a tomar a palavra para defender a linda Mo reninha, que tanto me cativa?

– Então, Augusto, teremos, porventura, um romance?

– Que romance?

– Perderás a aposta e ao completar-se o mês...

– Daqui até lá... se eu pudesse esquecê-la!... mas aquela menina não é como as outras: é uma tentação... um diabinho...

– Quando, pois, começas a escrever?

– Estás tolo... respondeu Augusto, tomando por um momento seu antigo bom humor; eu ainda pretendo nestes quinze dias mudar de amor três vezes.

Basta, porém, de estudantes. Já temos ouvido bastante o nosso Augusto e demorar-nos mais tempo em seu gabinete fora querer escutar ainda as mesmas coisas; porque o tal mocinho, que quer campar[378] de beija-flor, parece que caiu no visco dos olhos e graças da jovem beleza da ilha de... e está sinceramente enamorado dela; ora, todos sabem que os amantes têm um prazer indizível em matraquear[379] os ouvidos dos que os atendem com uma história muito comprida e mil vezes repetida que, reduzindo-se à expressão mais simples, ficaria em zero ou, quando muito, nos seguintes termos: "eu olhei e ela olhou "eu lhe disse, ela disse", "pode ser, não pode ser". Deixemos, portanto, o senhor Augusto entregue a seus cuidados de moço, e tanto mais que já conhecemos o estado em que se acha. Vamos agora entrar no coraçãozinho de um ente bem

376. bruxuleia – estremecer, reluzir.
377. cachopinhas – no contexto significa *moça graciosa*.
378. campar – se dar bem, sair de noite para aventuras amorosas.
379. matraquear – falar incessantemente, falar sem parar.

amável, que não tem, como aquele, uma pessoa a quem confie suas penas, e por isso sofre talvez mais. Faremos uma visita à nossa linda Moreninha.

Também suas modificações têm aparecido no caráter de D. Carolina, depois dos festejos de Sant'Ana. Antes deles, era essa interessante jovenzinha o prazer da ilha de... Irreconciliável inimiga da tristeza, ela ignorava o que era estar melancólica dez minutos e praticava o despotismo de não consentir que alguém o estivesse; junto dela, por força ou vontade, tudo tinha que respirar alegria; sabia tirar partido de todas as circunstâncias para fazer rir, e, boa, afável[380] e carinhosa para com todos, amoldava os corações à sua vontade; era o ídolo, o delírio de quantos a praticavam, era a vida daquele lugar e empunhava com as suas graças o cetro[381] do prazer. Hoje suas maneiras são outras; e, enquanto suas músicas se empoeiram, seu piano passa dias inteiros fechado, suas bonecas não mudam de vestido, ela vaga solitária pela praia, perdendo seus belos olhares na vastidão do mar, ou, sentada no banco de relva da gruta, descansa a cabeça em sua mão e pensa... Em quê?... quais serão os solitários pensamentos de uma menina de menos de quinze anos?... E às vezes suspira... um suspiro?... Eis o que é já um pouco explicativo.

Assim como o grito tem o eco, a flor o aroma e a dor o gemido, tem o amor o suspiro; ah! o amor é demoninho que não pede para entrar no coração da gente e, hóspede quase sempre importuno, por pior trato que se lhe dê, não desconfia, não se despede, vai-se colocando e deixando ficar, sem vergonha nenhuma, faz-se dono da casa alheia, toma conta de todas as ações, leva o seu domínio muito cedo aos olhos, e às vezes dá tais saltos no coração, que chega a ir encarapitar-se no juízo[382]; e então, adeus minhas encomendas!...

Pois muito bem, parece que a tal tentação anda fazendo peloticas[383] no peito da nossa cara menina; também não há moléstia de mais fácil diagnóstico. Uma mocinha que não tem cuidados, com quem a mamãe não é impertinente, que não sabe dizer onde lhe dói, que não quer que se chame médico, que suspira sem ter flatos, que não vê o que olha, que acha todo o guisado mal temperado, é porque já ama; portanto, D. Carolina ama, mas... a quem?!...

Ah! Sr. Augusto! Sr. Augusto! a culpa é toda sua, sem dúvida. Esta bela menina, acos tumada desde as faixas a exercer um poder absoluto sobre todos os que a cercam, não pôde ouvir o estudante vangloriar-se de não ter encontrado ainda uma mulher que o cativasse deveras, sem sentir o mais vivo desejo de reduzi-lo a obediente escravo de seus caprichos; ela pôs então em ação todo o poder de suas graças, ideou mesmo um plano de ataque, estudou a natureza e os fracos do inimigo; observou; bateu-se: o combate foi fatal a ambos, talvez, e no fim dele a orgulhosa guerreira apalpou o seu coração e sentiu que nele havia penetrado um dardo; consultou a sua consciência e ouviu que ela respondia; se venceste também estás vencida!

380. afável – delicadeza, beleza delicada, franqueza.
381. cetro – aqui temos uma alusão ao órgão sexual masculino, note o erotismo presente no narrador ao falar sobre o ato sexual.
382. encarapitar-se no juízo – pôr-se em local alto do juízo.
383. peloticas – travessura, brincadeiras.

Com efeito, D. Carolina ama o feliz estudante, e uma mistura de saudades e de temor da inconstância do seu amado é provavelmente a causa de sua tristeza; ajunte-se a isto a novidade e os cuidados de um amor nascente e primeiro, o incômodo de um sentimento novo, inexplicável, que lhe enchia o inocente coração e ver-se-á que ela tem suas razões para andar melancólica.

E, portanto, toda a família está assaltada do mesmo mal; há na ilha uma epidemia de mau humor que tem chegado a todos, desde a Sra. D. Ana até à última escrava. Além de quanto se acaba de expor, acresce que Filipe se deixou ficar na cidade a semana inteira, sem querer dispensar uma só tarde para vir visitar sua querida avó e a tão bonita maninha.

Eis, porém, o que se chama acusação injusta. Diz o ditado que: – falai no mau, aprontai o pau! Filipe estava esperando pelo dia de sábado para aproveitar o domingo todo no seio de sua família; ei-lo aí que recebe a bênção de sua avó e beija a fronte de sua irmã.

– Pensei, disse aquela, que não queria mais ver-nos!

– E quase que deixei a viagem para amanhã, minha boa avó.

– O ingrato ainda o diz... ouves, Carolina?... Então por quê?...

– Para vir na companhia de Augusto, que deve passar o dia conosco.

Estas palavras tiveram poder elétrico; D. Carolina, para ocultar a perturbação que a agitava, correu a esconder-se em seu quarto.

Lá, bem às escondidas, ela derramou uma lágrima: doce lágrima... era de prazer.

# XX

# Primeiro domingo: ele marca

Augusto madrugou, e muito; quando a aurora começou a aparecer, já ele havia vencido meia viagem e seu desejo era ir acordar na ilha de... uma pessoa que tinha o mau costume de dormir até alto dia; por isso instava com os seus remeiros para que forcejassem; e, enquanto seu batelão se deslizava pelas águas, rápido como uma flecha pelos ares, ele o acusava de pesado, de vagoroso; tinha há muito descoberto a ilha de... e os objetos foram pouco a pouco se tornando mais e mais distintos; viu a casa, viu o rochedo em que outrora a tamoia deveria ter cantado seus amores e de sobre o qual cantara, havia oito dias, D. Carolina a sua balada; depois distinguiu sobre esse rochedo negro um ponto, um objeto branco, que foi crescendo, sempre crescendo, que enfim lhe pareceu uma figura de mulher, que ostentava a alvura de seus vestidos. Depois ele tinha desviado um pouco os olhos; quando os voltou de novo para o rochedo, a figura branca havia desaparecido como um sonho.

Enfim o batelão abordou a ilha de...; Augusto correu à casa de que tantas saudades sofrera; todos já se tinham levantado; ninguém dormia ainda, e D. Carolina estava vestida de branco.

– Eu lhe agradeço bem, Sr. Augusto, disse a Sra. D. Ana, depois dos primeiros cumprimentos; eu lhe agradeço a sua boa visita; nós temos passado oito dias de nojo, e foi preciso que Filipe nos trouxesse a notícia de sua vinda, para reviver nossa antiga alegria; Carolina, por exemplo, desde ontem à noite já tem estado sofrivelmente travessa.

– Eu, minha avó, sempre tive fama de desinquieta e prazenteira; e se ontem me adiantei, foi porque chegou-me um companheiro para traquinar comigo.

– Não o negues, menina; tens estado melancólica e abatida toda esta semana; eram saudades da agradável companhia que tivemos. Que eram saudades conheci eu pelos suspiros que soltavas e também não vai mal nenhum em confessá-lo.

D. Carolina voltou o rosto. Augusto arregalou os olhos e sentiu que a ventura lhe inundava o coração.

– O mesmo por lá nos sucedeu, disse Filipe tomando a palavra; estivemos todos carrancudos e, seja dito em amor da verdade, Augusto, mais do que nenhum outro, gos tou de nosso trato e nossa companhia; realmente foi ele que o mostrou sofrer maiores saudades.

– É verdade, Sr. Augusto? perguntou a boa hóspeda.

– Minha senhora, a visita que vim ter o gosto de fazer é a melhor resposta que lhe posso dar.

D. Carolina tinha os olhos em um livro de música, mas seus ouvidos e sua atenção pendiam dos lábios de Augusto; ouvindo as últimas palavras do estudante, ela sorriu brandamente.

– De que estás rindo, Carolina? perguntou Filipe.

– De um engraçado pedacinho da cavatina do Fígaro, no *Barbeiro de Sevilha*[384].

Então ele examinou o livro e viu que havia mentido, porque o que tinha diante de seus olhos era uma coleção de modinhas do Laforge.

Duas horas depois serviu-se o almoço. Mas, durante essas duas horas, que se passaram muito depressa, Augusto teve de agradecer as obsequiosas atenções da avó de Filipe, que dizia ter por ele notável predileção[385], e também de reparar com esmero e minuciosidade no objeto de seus recentes cultos. Em resultado de suas observações concluiu que D. Carolina estava bonita como dantes, porém, mais lânguida; que às vezes reparava suas indiscrições e que outras, quando mais parecia ocupar-se com seus alegres trabalhos, olhava-o furto, com uma certa expressão de receio, pejo e ardor, que a embelecia ainda mais.

384. cavatina do Fígaro no *Barbeiro de Sevilha* – referência à passagem da célebre ópera italiana *O Barbeiro de Sevilha*, de Joaquim Rossini (1792-1868), em que Fígaro, o protagonista da ópera, canta uma cavatina, ou seja, uma ária (música para uma só voz).

385. predileção – preferência.

Durante o almoço a conversação divagou sobre inúmeros objetos; finalmente teve de ir bulir com um pobre lencinho que estava na mão de D. Carolina, e que, se aí não estivesse, passaria desapercebido.

– Eu julgo que ele está trabalhoso e perfeitamente marcado, disse Augusto.

– É ir muito longe, respondeu a menina; aí o tem, observe-o de mais perto; repare que barafunda[386] vai por aqui.

– Ora, eu acho tudo o melhor possível; ao muito, poder-se-ia dizer que este X foi marcado por mão de moça travessa.

– Quer dizer que foi pela minha? Adivinhou.

– Tem uma bela prenda, minha senhora.

– Que é muito comum.

– E nem por isso merece menos.

– Eu não entendo assim; aprecio bem pouco o que todo o mundo pode ter. Quem não sabe marcar?

– Eu, minha senhora.

– É porque não quer.

– É porque não posso; eu não me poderia haver com uma agulha na mão.

– Um dia de paciência lhe seria suficiente.

– Querem ver, acudiu Filipe, que minha maninha reduz Augusto a aprender a marcar!

– Então, seria isso alguma asneira?

– Não, por certo; maninha pode mesmo dar-te algumas lições.

– Nada, respondeu a menina; sou muito raivosa e à primeira linha que ele rebentasse[387], eu o chamaria a bolos.

– Se é uma condição que oferece, eu a aceito, minha senhora; ensine-me com palmatória.

–Veja o que diz!...

– Repito-o.

– Pois bem; palmatória não, porque, enfim, podia doer-lhe muito; mas de cada vez que eu julgar necessário, dar-lhe-ei um puxão de orelha.

– Menina! disse a Sra. D. Ana.

– Mas, minha avó, eu não estou pedindo a ele que venha aprender comigo.

– Porém podes ensinar-lhe com bons modos.

– É o que pretendo fazer.

– Ele há de aproveitar muito.

– Terá os meus elogios.

– E se por acaso errar alguma vez?

– Levará um puxão de orelha.

– Se me é permitido, disse Augusto, aceito as condições.

– Pois bem, respondeu D. Carolina, está o senhor matriculado na minha aula de marcar e daqui a uma hora principiaremos a nossa lição.

386. barafunda – grupo numeroso de pessoas que andam apressadas em diversas ocupações, confusão, motim.

387. rebentar – estourado, romper.

– E então ele não passeia comigo? perguntou Filipe.

– Depois da lição, respondeu a mestra, fazendo-se de grave; antes, não lhe dou licença.

Levantaram-se da mesa; algum tempo foi destinado a descansar; Filipe desafiou Augusto para uma partida de gamão e incontinente foram travar combate na varanda; Filipe derrotou seu competidor em três jogos consecutivos; estavam no começo do quarto, quando tocou uma campainha; os dois estudantes não deram atenção a isso e continuaram; o jogo tornou-se duvidoso; qualquer dos dois podia dar ou levar gamão; Augusto acabava de lançar uns dois e ás, que desconcertaram seu antagonista[388], quando D. Carolina apareceu e, dirigindo-se ao seu discípulo, disse com engraçada seriedade:

– O senhor não ouviu tocar a campainha?

– Então isso era comigo?

– Sim, senhor, são horas da lição, e espero que para outra vez não me seja preciso chamá-lo.

– Aceito a admoestação[389], minha bela mestra, mas rogo-lhe o obséquio de consentir que termine esta partida.

– Não, senhor.

– É uma mão de honra!

– Pior está essa!

– Ora, é boa! acudiu Filipe; então quer você...

– Não tenho a dizer-lhes o que quero, nem o que não quero; são horas de lição, vamos.

– E é preciso obedecer, concluiu Augusto, levantando-se.

Daí a pouco estava tudo em via de regra; Augusto, sentado em uma banquinha aos pés de sua bela mestra, escutava, com os olhos fitos[390] no rosto dela, as explicações necessárias. Às vezes D. Carolina não podia conservar imperturbável sua afetada gravidade; então, os sorrisos da bela mestra e do aprendiz graciosamente se trocavam; ela se mostrava mais pacífica e ele menos atento do que haviam prometido, porque era já pela quarta vez que a bela mestra recomeçava suas explicações e o aprendiz cada vez a entendia menos.

Filipe apareceu na sala, pronto para ir caçar, e convidou o seu amigo para com ele partilhar do mesmo prazer. Todo o mundo adivinha que Augusto disse que não; ele poderia responder que não queria caçar, porque estava pescando, mas contentou-se com dizer:

– Minha bela mestra não dá licença.

– Tome cuidado no modo de pegar nessa agulha!... gritou ela com mau modo e sem se importar com Filipe.

– Está bem, disse este, saindo; eu não os posso aturar.

E depois acrescentou, sorrindo-se:

388. antagonista – opositor, adversário, que atua no sentido oposto, contrário.
389. admoestação – advertir, alertar alguém para que não repita um mau comportamento.
390. olhos fitos – olhos fixos em algo ou alguém.

– Fique-se aí, Sr. Hércules[391], aos pés da sua bela Onfale[392]!

– Ouviu o que ele disse? perguntou Augusto.

– Já lhe tenho repetido três vezes que não é assim que se pega na agulha.

– Ora, minha senhora...

– Ora, minha senhora!... ora, minha senhora! eu não sou sua senhora, sou sua mestra.

– Minha bela mestra!

– Digo-lhe que já me vai faltando a paciência. O senhor não atenta no que faz!... já tem quatro vezes rebentado a linha e é a décima segunda que lhe cai o dedal.

– Não se exaspere, minha bela mestra, eu o vou apanhar e não cairá mais nunca.

Augusto curvou-se e ficou quase de joelhos diante de D. Carolina; ora, o dedal estava bem junto dos pés dela e o aprendiz, ao apanhá-lo, tocou, ninguém sabe se de propósito, com seus dedos em um daqueles delicados pezinhos; esse contato fez mal; a menina estremeceu toda. Augusto olhou-a admirado, os olhos de ambos se encontram e os olhos de ambos tinham fogo. Um momento se passou; o sossego se restabeleceu.

– Já não posso mais! exclamou a bela mestra; rebentou o senhor pela quinta vez a linha; não dá um ponto que preste; não há outro remédio...

E, dizendo isto, lançou uma das mãos à orelha do aprendiz, que de súbito deu um grito e acudiu com as suas. Ora, essas mãos se encontraram, debateram-se, e nesse ensejo os dedos da bela mestra foram docemente apertados pela mão do aprendiz. Novo choque elétrico, novo fogo de olhares! que aproveitável lição!...

– Menina, tenha modos!... o Sr. Augusto não é criança, exclamou a Sra. D. Ana, que a dez passos cosia, e que só podia ver a exterioridade do que se passava entre a bela mestra e o aprendiz.

A lição se prolongou até ao meio-dia e mais de mil vezes se repetiu a mesma cena do encontro das mãos; D. Carolina não conseguiu puxar uma só vez a orelha do estudante e o aprendiz não perdeu uma só ocasião de apertar os dedos da mestra. Augusto se comprometeu a apresentar na primeira lição um nome marcado pela sua mão. Tudo foi às mil maravilhas.

O resto do dia se passou como se havia passado o seu princípio para Augusto e D. Carolina.

Eles não se chamaram mais por seus nomes próprios, o amor lhes tinha ensinado outros: “meu aprendiz”, e “minha bela mestra”.

A madrugada seguinte foi triste, porque presidiu às despedidas do aprendiz e sua bela mestra, mas ainda foi bem doce, porque ambos meigamente se disseram:

– Até domingo!

391. Hércules – também conhecido como Alcides ou Héracles, herói da mitologia filho de um deus e de uma mortal, sendo considerado um semi-deus. Era famoso por sua força descomunal e por sua virilidade. Depois de muitos feitos, Hércules teria, segundo os oráculos, de tornar-se temporariamente escravo de alguém. Acaba, então, sendo comprado por Onfale.

392. Onfale – rainha da Lídia, por quem o herói Hércules se apaixonou. Conta a mitologia que seu amor chegava a sujeitá-lo a fiar lã aos pés de Onfale, vestido com uma grande túnica de mulher.

# XXI

# Segundo domingo: brincando com bonecas

Raiou o belo dia, que seguiu a sete outros, passados entre sonhos, saudades e esperanças. Augusto está viajando: e já não é mais aquele mancebo cheio de dúvidas e temores da semana passada, é um amante que acredita ser amado e que vai, radiante de esperanças, levar à sua bela mestra a lição de marca que lhe foi passada. O prognóstico[393] de D. Carolina, na gruta encantada, se vai verificando: Augusto está completamente esquecido da aposta que fez e do camafeu que outrora deu à sua mulher. Um bonito rosto moreninho fez olvidar todos esses episódios da vida do estudante. D. Carolina triunfa e seu orgulho de despotazinha de quantos corações conhece deveria estar altaneiro[394], se ela não amasse também.

Como da primeira vez, Augusto vê o dia amanhecer-lhe no mar; e, como na passada viagem, avista sobre o rochedo o objeto branco, que vai crescendo mais e mais, à medida que seu batelão se aproxima, até que distintamente conhece nele a elegante figura de uma mulher, bela por força; mas desta vez, não como da outra, essa figura se demora sobre o rochedo, não desaparece como um sonho, é uma bonita realidade: é D. Carolina que só desce dele para ir receber o feliz estudante que acaba de desembarcar.

– Minha bela mestra!...

– Meu aprendiz!... já sei que traz nome bem marcado.

– Oh! sempre precisarei que me queira puxar as orelhas.

– Não, eu não farei tal na lição de hoje.

– E se eu merecer?

– Talvez.

– Então errarei toda a lição.

Eles se sorriram, mas Filipe acaba de chegar e todos três vão pela avenida se dirigindo a casa.

Ter a ventura de receber o braço de uma moça bonita e a quem se ama, apreciar sobre si o doce contato de uma bem torneada mão, que tantas noites se tem sonhado beijar; roçar às vezes com o cotovelo um lugar sagrado, voluptuoso e palpitante; sentir sob sua face perfumado bafo que se esvaiu

393. prognóstico – previsão que é feita para algo.
394. altaneiro – arrogante, imperioso, soberbo.

dentre os lábios virginais e nacarados[395], cujo sorrir se considera um favor do céu; o apanhar o leque que escapa da mão que estremeceu, tudo isso... mas para que divagações? que mancebo há aí, de dezesseis anos por diante, que não tenha experimentado esses doces enleios, tão leves para a reflexão e tão graves e apreciáveis para a imaginação de quem ama? Pois bem, Augusto os está gozando neste momento; mas, porque só a ele é isto de grande entimidade, e convém dizer apenas o que absolutamente se faz preciso, pode-se, sem inconveniente, abreviar toda a história de duas horas, dizendo-se: almoçaram e chegou a hora da lição.

– Vamos, disse D. Carolina a Augusto, que estava já sentado a seus pés e em sua banquinha; vamos, meu aprendiz, o senhor comprometeu-se a trazer-me um nome marcado pela sua mão; que nome marcou?

– Entendi que devia ser o nome da minha bela mestra.

Ela não esperava outra resposta.

– Vamos, pois, ver a sua obra, continuou, e creia que estou pouco disposta a perdoar-lhe, como fiz na lição passada. Venha a marca.

Augusto apresentou então um finíssimo lenço aos olhos da sua bela mestra, que teve de ler em cada ângulo dele o nome *Carolina* e no centro o dístico[396] *Minha bela mestra.* Tudo estava primorosamente trabalhado; preciso é confessar: o aprendiz havia marcado melhor do que nunca o tivera feito D. Carolina.

Augusto esperava com ansiedade ver brilhar nos olhos de sua bonita querida o prazer da gratidão; fruía já de antemão o terno agradecimento com que contava, quando viu, com espanto, que sua bela mestra ia gradualmente corando e por fim se fez vermelha de cólera e de despeito.

– Nunca a mão grosseira de um homem poderia marcar assim!... disse ela a custo.

– Mas, minha bela mestra...

– Eu quero saber quem foi! exclamou com força.

– Eu não entendo...

– Foi uma mulher! isso não carece que me diga. Uma moça que lhe marcou este lenço para o senhor vir zombar e rir-se de mim, de minha credulidade, de tudo...

– Minha senhora...

– Vejam!... já nem me quer chamar sua mestra!... agora só sabe dizer "minha senhora!"...

A interessante jovem acabava de ser inesperadamente assaltada de um acesso de ciú me. Augusto estava espantado e a Sra. D. Ana, levantando os olhos ao escutar a última exclamação de sua neta, viu-a correndo para ela.

– Que é isto menina? perguntou.

– Veja, minha querida avó: aqui está a marca que ele me traz! Eu queria um nome muito malfeito, uma barafunda que se não entendesse, o pano suado e feio, tudo mau, tudo péssimo; eu me riria com ele. Sabe, porém, o que fez? foi para a corte tomar outra mestra, que não há de ter a minha

395. nacarados – cor de rosa, que provém do nácar.
396. dístico – pensamento, poesia, frase expressa em dois versos.

paciência, nem o meu prazer, mas que marca melhor que eu, que é mais bonita!... veja, minha querida avó; ele tem outra mestra, outra bela mestra!...

E dizendo isto, ocultou o rosto no seio da extremosa senhora e começou a soluçar.

– Que loucura é essa, menina? que tem que ele tomasse outra mestra? pois por isso choras assim?

– Mas nem me quer dizer o nome dela!... Que me importa que seja moça ou bonita? nada tenho com isso, porém, quero saber-lhe o nome, só o nome!...

Então ela ergueu-se e, com os olhos ainda molhados, com a voz entrecortada, mas com toda a beleza da dor e delírio do ciúme, voltou-se para Augusto e perguntou:

– Como se chama ela?

– Juro que não sei.

– Não sabe?...

– Quis trazer um lenço bem marcado para ostentar meus progressos e motivar alguns gracejos e mandei-o encomendar a uma senhora muito idosa, que vive destes trabalhos.

– Muito idosa?...

– É verdade.

– Não lhe deram este lenço?

– Paguei-o.

– Pois eu o rasgo...

– Pode fazê-lo.

– Ei-lo em tiras.

– Que fazes, Carolina? exclamou a Sra. D. Ana, querendo, já tarde, impedir que sua neta rasgasse o lenço.

– Fez o que cumpria, minha senhora, acudiu Augusto: exterminou o mau gênio que acabava de fazê-la chorar.

– E que importa que eu rasgasse um lenço? minha querida avó, peço-lhe licença para dar um dos meus ao Sr. Augusto.

A Sra. D. Ana, que começava a desconfiar da natureza dos sentimentos da mestra e do aprendiz, julgou a propósito não dar resposta alguma, mas nem isso desnorteou a viva mocinha que, tirando de sua cesta de costura um lenço recentemente por ela marcado, o ofereceu a Augusto, dizendo:

– Eu não admito uma só desculpa, não desejo ver a menor hesitação; quero que aceite este lenço.

Augusto olhou para a Sra. D. Ana, como para ler-lhe n'alma o que ela pensava daquilo.

– Pois rejeita um presente de minha neta? perguntou a amante avó.

A resposta de Augusto foi um beijo na prenda de amor.

– Agora, que já estamos bem, disse ele, vamos à minha lição.

– Não, não, respondeu a bela mestra, basta de marcar; não me saí bem do magistério[397], chorei diante do meu aprendiz, não falemos mais nisto.

– Então fui julgado incapaz de adiantamento?

---

397. magistério – cargo de professor.

– Ao contrário, pelo trabalho que me trouxe, vi que o senhor estava adiantado demais; porém, sou eu quem tem outros cuidados.

– Já tem cuidados?...

– Quem é que deles não carece?... O pai de família tem os filhos, o senhor os seus livros e eu, que sou criança, tenho as minhas bonecas. Quer vê-las?

– Com o maior prazer.

Um momento depois a sala estava invadida por uma enorme quantidade de bonecas, cada uma das quais tinha seus parentes, seus vestidos, joias e um número extraordinário de bugiarias[398], como qualquer moça da moda as tem no seu toucador.

Ora, o tal bichinho chamado amor é capaz de amoldar seus escolhidos a todas as circunstâncias e de obrigá-los a fazer quanta parvoíce[399] há neste mundo. O amor faz o velho criança, o sábio doido, o rei humilde cativo; faz mesmo, às vezes, com que o feio pareça bonito e o grão de areia um gigante. O amor seria capaz de obrigar um coxo[400] a brincar o *tempo-será* a um surdo o *companheiro companhão* e a um cego o *procura quem te deu*. O amor foi inventor das cabeleiras, dos dentes postiços e de outros certos postiços que... mas, alto lá! que isto é bulir[401] com muita gente; enfim, o amor está fazendo um estudante do quinto ano de Medicina passar um dia inteiro brincando com bonecas.

Com efeito, Augusto já sabe de cor e salteado todos os nomes dos membros daquela família; conhece os diversos graus de parentesco que existem entre eles, acalenta as bone cas pequenas, despe umas e veste outras, conversa com todas, examina o guarda-roupa, batiza, casa, em uma palavra, dobra-se aos prazeres de sua bela mestra, como uma varinha ao vento.

No entanto a Sra. D. Ana os observa cuidadosa; tem simpatizado muito Augusto, mas nem por isso quer entregar todo o futuro do objeto que mais ama no mundo ao só abrigo do nobre caráter e sérias qualidades que tem reconhecido no mancebo.

Como de costume, a tarde deve de ser empregada em passeios à borda do mar e pelo jardim. O maior inimigo do amor é a civilidade. Augusto o sentiu, tendo de oferecer seu braço à Sra. D. Ana; mas esta lhe fez cair a sopa no mel [402] rogando-lhe que o reservasse para a sua neta.

Filipe acompanhava sua avó e na viva conversação que entretinham, o nome de Augusto foi mil vezes pronunciado.

Uma vez Augusto e Carolina, que iam adiante, ficaram muito distantes do par que os seguia.

A mão da bela Moreninha tremia convulsamente no braço de Augusto e este apertava às vezes contra seu peito, como involuntariamente, essa delicada mão; alguns suspiros vinham também perturbá-los mais e havia dez minutos eles se não tinham dito uma palavra.

---

398. bugiarias – modos que lembram os bugios, ou seja, os macacos.
399. parvoíce – tolice, infantilidade.
400. coxo – manco, pessoa que manca.
401. bulir – mexer-se, agitar-se, trabalhar.
402. cair a sopa no mel – vir a propósito, com o propósito de.

Em uma das ruas do jardim duas rolinhas mariscavam[403]; mas, ao sentir passos, voaram e assentando-se não longe, em um arbusto, começaram a beijar-se com ternura; e esta cena se passava aos olhos de Augusto e Carolina!...

Igual pensamento, talvez brilhou em ambas aquelas almas, porque os olhares da menina e do moço se encontraram ao mesmo tempo e os olhos da virgem modestamente se abaixaram e em suas faces se acendeu um fogo, que era o do pejo. E o mancebo, apontando para as pombas, disse:

– Elas se amam!

E a menina murmurou apenas:

– São felizes!

– Pois acredita que em amor possa haver felicidade?

– Às vezes.

– Acaso, já tem a senhora amado?

– Eu?!... e o senhor?!

– Comecei a amar há poucos dias.

A virgem guardou silêncio e o mancebo, depois de alguns instantes, perguntou tremendo:

– E a senhora já amou também?

Novo silêncio; ela pareceu não ouvir, mas suspirou. Ele falou menos baixo:

– Já ama também?...

Ela abaixou ainda mais os olhos e com voz quase extinta disse:

– Não sei... talvez...

– E a quem?

– Eu não perguntei a quem o senhor amava.

– Quer que lhe diga?...

– Eu não pergunto.

– Posso eu fazê-lo?

– Não... Não lho impeço.

– É a senhora.

D. Carolina fez-se cor-de-rosa e só depois de alguns instantes pôde perguntar, for cejando um sorriso:

– Por quantos dias?

– Oh! para sempre!... respondeu Augusto, apertando-lhe vivamente o braço.

Depois ainda continuou:

– E a senhora não me revela o nome feliz?...

– Eu não... não posso...

– Mas por que não pode?

– Porque não devo.

– E nunca o dirá?!

– Talvez um dia.

– E quando?...

– Quando estiver certa que ele não me ilude.

– Então... ele é volúvel?...

403. mariscar – catar, pegar marisco e insetos para comer, como fazem as aves marinhas.

– Ostenta sê-lo...

– Oh!... pelo céu!... acabe de matar-me!... basta o nome pronunciado bem em segredo, bem no meu ouvido, para que ninguém o possa ouvir, nem a brisa o leve... Pelo céu!...

– Senhor!...

– Um só nome que peço!...

– É impossível... eu não posso!...

– Se eu perguntasse?...

– Oh!... não!...

– Serei eu?...

A virgem tremeu toda e não pôde responder. Augusto lhe perguntou ainda, com fogo e ternura:

– Serei eu?...

A interessante Moreninha quis falar... Não pôde, mas, sem o pensar, levou o braço do mancebo até ao peito e lhe fez sentir como o seu coração palpitava.

– Serei eu?... perguntou uma terceira vez Augusto, com requintada ternura.

A jovenzinha murmurou uma palavra que pareceu mais um gemido do que uma resposta, porém que fez transbordar a glória e entusiasmo na alma do seu amante. Ela tinha dito somente:

– Talvez.

# XXII

# Mau tempo

Tristes dias têm-se arrastado. Augusto está desesperado. Voltando da ilha de..., depois daquele belo dia da declaração de amor, achou na corte seu pai e em poucos momentos teve de concluir, da severidade com que era tratado, que já alguém o havia prevenido das suas loucuras e dos muitos pontos[404] que ultimamente tinha dado nas aulas. A mais bem merecida repreensão, e um discurso cheio de conselhos e admoestações, vieram por fim dar-lhe a certeza de que o seu bom velho estava ciente de tudo.

Para coroar a obra, contra o costume do maior número dos nossos agricultores, que, quando vêm à cidade, estão no caso do *fogo viste lingüiça*? e ainda bem não puseram os pés no Largo do Paço já têm os pés na Praia Grande (que por estes bons cinqüenta anos há de continuar a ser Praia

404. pontos – pausa, falta, suspensão.

Grande, apesar de a terem crismado Niterói), o pai de Augusto não falava em voltar para a roça; e, a julgar-se pelo sossego e vagar com que tratava os menos importantes negócios, parecia haver esquecido a moagem e a safra.

Chegou o sábado. O nosso Augusto, depois de muitos rodeios e cerimônias, pediu finalmente licença para ir passar o dia de domingo na ilha de... e obteve em resposta um não redondo; jurou que tinha dado sua palavra de honra de lá se achar nesse dia e o pai, para que o filho não cumprisse a palavra, nem faltasse à honra, julgou muito conveniente trancá-lo no seu quarto.

Mania antiga é essa de querer triunfar das paixões com fortes meios; erro palmar[405], principalmente no caso em que se acha o nosso estudante; amor é um menino doidinho e malcriado, que, quando alguém intenta refreá-lo[406], chora, escarapela[407], esperneia, escabuja[408], morde, belisca e incomoda mais que solto e livre; prudente é facilitar-lhe o que deseja, para que ele disso se desgoste; soltá-lo no prado, para que não corra; limpar-lhe o caminho, para que não passe; acabar com as dificuldades e oposições, para que ele durma e muitas vezes morra. O amor é um anzol que, quando se engole, agadanha-se [409] logo no coração da gente, donde, se não é com jeito destravado, por mais força que se faça mais o maldito rasga, esburaca e se a profunda. Portanto, muita indústria deve ter quem o quer pôr na rua, e para consegui-lo convém ir despedindo-o com bons modos, parlamentares oferecimentos e nunca bater-lhe com a porta na cara. Porém os homens, mal passam de certa idade, só se lembram do seu tempo para gritar contra o atual e esquecem completamente os ardores da mocidade. O resultado disso é o mesmo que tirará o pai de Augusto da energia e violência com que procura apagar a paixão do filho.

Já era tarde. Augusto ama deveras, e pela primeira vez em sua vida; e o amor, mais forte que seu espírito, exercia nele um poder absoluto e invencível. Ora, não há idéias mais livres que as do preso; e, pois, o nosso encarcerado estudante soltou as velas da barquinha de sua alma, que voou atrevida por esse mar imenso da imaginação; então, começou a criar mil sublimes quadros e em todos eles lá aparecia a encantadora Moreninha, toda cheia de encantos e graças. Viu-a, com seu vestido branco, esperando-o em cima do rochedo; viu-a chorar, por ver que ele não chegava, e suas lágrimas queimavam-lhe o coração. Ouviu-a acusá-lo de inconstante e ingrato; daí a pouco pareceu-lhe que ela soluçava, escutou um grito de dor semelhante a esse que soltara no primeiro dia que ele tinha passado na ilha! Aqui, foi o nosso estudante às nuvens; saltou exasperado fora do leito em que se achava deitado, passeou a largos passos por seu quarto, acusou a crueldade dos pais, experimentou se podia arrombar a porta, fez mil planos de fuga, esbravejou, escabelou-se e, como nada disso lhe valesse, atirou com todos os seus livros para baixo da cama e deitou-se de novo, jurando que não havia de estudar dois meses. Carrancudo e teimoso, mandou voltar o almoço, o jantar e a ceia que lhe haviam

405. palmar – evidente, grande, notável.
406. refrear – conter, reprimir, parar.
407. escarapela – briga em que há arranhões e puxões de cabelo, barba e etc. Ato físico de brigar com alguém.
408. escabuja – debater-se, espernear, debater-se com os pés e com as mãos.
409. agadanhar – agarrar com as mãos, roubar.

trazido, sem tocar num só prato; e sentindo que seu pai abria a porta do quarto, sem dúvida para vir consolá-lo e dar-lhe salutares[410] con selhos, voltou o rosto para a parede e principiou a roncar como um endemoninhado.

– Já dormes, Augusto? perguntou o bom pai, abrindo as cortinas do leito.

A única resposta que obteve foi um ronco que mais assemelhou-se a um trovão.

O experimentado velho fingiu ter-se deixado enganar e, retirando-se, trancou a porta ao pobre estudante.

Uma noite de amargor foi, então, a que se passou para este; na solidão e silêncio das trevas, a alma do homem que padece é, mais que nunca, toda de sua dor; concentra-se, mergulha-se inteira em seu sofrimento, não concebe, não pensa, não vela e não se exalta se não por ele. Isto aconteceu a Augusto, de modo que, ao abrir-se na manhã seguinte a porta do quarto, o pai veio encontrá-lo ainda acordado, com os olhos em fogo e o rosto mais enrubescido que de ordinário.

Augusto quis dar dois passos e foi preciso que os braços paternais o sustivessem para livrá-lo de cair.

– Que fizeste, louco? perguntou o pai, cuidadoso.

– Nada, meu pai; passei uma noite em claro, mas... eu não sofro nada.

Oh! ele queria dizer que sofria muito!

Imediatamente foi-se chamar um médico que, contra o costume da classe, fez-se esperar pouco.

Augusto sujeitou-se com brandura ao exame necessário e quando o médico lhe perguntou:

– O que sente?

Ele respondeu, com toda fria segurança do homem determinado:

– Eu amo.

– E mais nada?

– Oh! Sr. doutor, julga isso pouco?

E além destas palavras não quis pronunciar mais uma única sobre o seu estado. E, contudo, ele estava em violenta exacerbação[411]. O médico deu por terminada a sua visita. Algumas aplicações se fizeram e um dos colegas de Augusto, que o tinha vindo procurar, fez-lhe o que chamou uma bela sangria de braço.

A enfermidade de Augusto não cedeu, porém, com tanta facilidade como a princípio supôs o médico; três dias se passaram sem conseguir-se a mais insignificante melhora; uma mudança apenas se operou: a exacerbação foi seguida de um abatimento e prostração[412] de forças notáveis; sua paixão, que também se desenhava no ardor dos olhares, na viveza das expressões e na audácia dos pensamentos, tomou outro tipo: Augusto tornou-se pálido, sombrio e melancólico; horas inteiras se passavam sem que uma só palavra fosse apenas murmurada, por seus lábios, prolongadas insônias eram marcadas minuto a minuto por dolorosos gemidos, e seus olhos, amortecidos, como que obsequiavam a luz quando por acaso se entreabriam. Na visita do quarto dia o médico disse ao pai de Augusto:

– Não vamos bem...

410. salutares – úteis, edificantes, que consolam, dão alívio.
411. exacerbação – irritação, agravamento.
412. prostração – enfraquecimento extremo.

Uma ideia terrível apareceu então no pensamento do sensível velho: a possibilidade de morrer seu filho, a flor de suas esperanças, e tal ideia derramou em seu coração todo esse fel, cujo amargor só pode sentir a alma de um pai; e entrou apressado e trêmulo no quarto do enfermo, e vendo-o prostrado no leito, como insensível, como meio morto, exclamou, com lágrimas nos olhos:

– Oh! meu filho!... meu filho!... por que me queres matar?

Um brando favônio[413] de vida passeou pelo rosto de Augusto; seus olhos se abriram, um leve sorriso de gratidão lhe alisou os lábios, também duas lágrimas ficaram penduradas em suas pálpebras e ele, tomando e beijando a mão paterna, murmurou com voz sumida e terna:

– Meu pai... tão bom!...

Doces frases que retumbaram com mais doçura ainda no coração do velho.

– Querido louco!... disse ele: tu me obrigas a fazer loucuras!

E saiu do quarto e logo depois de casa, mas, voltando passadas algumas horas, entrou de novo na câmara do doente; fez retirar todas as pessoas que aí se achavam e, ficando só com ele, deu-lhe, provavelmente, algum elixir tão admirável, que as melhoras começaram a aparecer como por encantamento, no mesmo instante. Que milagre não será capaz de fazer o amor dos pais?

Novidades do mesmo gênero perturbavam a paz e os prazeres da ilha de... D. Carolina também padecia. Os nossos amantes acabavam de chegar ao sentimental e, com seu sentimentalismo, estavam azedando a vida dos que lhes queriam bem. Os namorados são semelhantes às crianças: primeiro divertem-nos com suas momices[414], depois incomodam-nos choramingando.

A bela Moreninha tinha visto romper a aurora do domingo no rochedo da gruta, e, tendo debalde esperado o seu estudante até alto dia, voltou para casa arrufada. No almoço não houve prato que não acusasse de mal temperado: faltava-lhe o tempero do amor; o chá não se podia tomar, o dia estava frio de enregelar[415], toda a gente de sua casa a olhava com maus olhos, e seu próprio irmão tinha um defeito imperdoável: era estudante... Pertencia a uma classe, cujos membros eram, sem exceção, sem exceção nenhuma, (bra dava ela lindamente enraivecida) falsos, maus, mentirosos e até... feios. À tarde sentiu-se incomodada. Retirou-se, não ceou e não dormiu.

Tudo neste mundo é mais ou menos compensado; o amor não podia deixar de fazer parte da regra. Ele, que de um nadazinho tira motivo para o prazer de dias inteiros, que de uma flor já murcha engendra[416] o mais vivo contentamento, que por um só cabelo faz escarcéus tais, que nem mesmo a sorte grande os causaria, que por uma cartinha de cinco linhas põe os lábios de um pobre amante em inflamação aguda com o estalar de tantos beijos, se não produzisse também agastados arrufos, às vezes algumas cólicas, outras amarguras de boca, palpitações, ataques de hipocondria, pruído de canelas etc., seria tão completa a felicidade cá embaixo, que a terra chegaria a lembrar-se de ser competidora do céu.

413. favônio – propício, favorável, próspero.

414. momices – dissimulação, brincadeiras dengosas.

415. enregelar – ter uma forte sensação de frio, resfriar tudo, congelante.

416. engendra – dar origem, criar mentalmente, gerar.

Um exemplo dessa regra está sendo a nossa cara menina. Coitadinha! vai passando uma semana de ciúmes e amarguras. Acordando-se ao primeiro trinar[417] do canário, ela busca o rochedo, e, com os olhos embebidos no mar, canta muitas vezes a balada de Ahy, repetindo com fogo a estrofe que tanto lhe condiz, por principiar assim:

*"Eu tenho quinze anos,*
*E sou morena e linda!"*

E quando o sol começa a fazer-se quente, deixa o rochedo, para passar o dia inteiro no fundo do gabinete, ou ao lado de sua boa vó, que mal pode consolá-la, porque, conhecendo já a causa da tristeza da querida neta, teme vê-la fugir vermelha de pejo, se não fingir com finura que ignora o estado de seu coração.

O dia de sexta-feira trouxe ainda algumas novidades à ilha de... A Sra. D. Ana recebeu cartas que a tornaram talvez menos triste, mas, sem dúvida muito pensativa. A presença da linda neta parecia alentar[418] mais essas reflexões, que se prolongaram até à tarde do dia seguinte, em que um velho e particular amigo de sua família veio da Corte visitá-la e com a respeitável senhora ficou duas horas conferenciando a sós.

Esse homem despediu-se, enfim, da Sra. D. Ana, deixando-a cheia de prazer; e, no momento em que saltava dentro do seu batel, vendo a interessante Moreninha que, tristemente passeava à borda do mar, saudou-a com esta simples palavra, apontando para o céu:

– Esperança!

D. Carolina levantou a cabeça e viu que já o batel cortava as ondas, mas, como para corresponder a tão animador cumprimento, ela, por sua vez, apontou também para o céu, e pondo a outra mão no lugar do coração disse:

– Esperarei!

# XXIII

# A esmeralda e o camafeu

Dona Carolina passou uma noite cheia de pena e de cuidados, porém já menos ciumenta e despeitada; a boa avó livrou-a desses tormentos;

417. trinar – cantar com trinos, gorjear.
418. alentar – alimentar.

na hora do chá, fazendo com habilidade e destreza cair a conversação sobre o estudante amado, dizendo:

– Aquele interessante moço, Carolina, parece pagar-nos bem a amizade que lhe temos, não entendes assim?...

– Minha avó... eu não sei.

– Dize sempre, pensarás acaso de maneira diversa?...

A menina hesitou um instante, e depois respondeu:

– Se ele pagasse bem, teria vindo domingo.

– Eis uma injustiça, Carolina. Desde sábado à noite que Augusto está na cama, prostrado por uma enfermidade cruel.

– Doente?! exclamou a linda Moreninha, extremamente comovida. Doente?... em perigo?...

– Graças a Deus, há dois dias ficou livre dele; hoje já pôde chegar à janela, assim me mandou dizer Filipe.

– Oh! pobre moço!... se não fosse isso teria vindo ver-nos!...

E, pois, todos os antigos sentimentos de ciúme e temor da inconstância do amante se trocaram por ansiosas inquietações a respeito de sua moléstia.

No dia seguinte, ao amanhecer, a amorosa menina despertou e, buscando o toucador, há uma semana esquecido, dividiu seus cabelos nas duas costumadas belas tranças, que tanto gostava de fazer ondear pelas espáduas[419], vestiu o estimado vestido branco e correu para o rochedo.

– Eu me alinhei, pensava ela, porque, enfim... hoje é domingo e talvez... Como ontem já pôde chegar à janela, talvez consiga com algum esforço vir ver-me.

E quando o sol começou a refletir seus raios sobre o liso espelho do mar, ela principiou também a cantar sua balada:

*"Eu tenho quinze anos,*
*E sou morena e linda!"*

Mas, como por encanto, no instante mesmo em que ela dizia no seu canto:

*"Lá vem sua piroga*
*Cortando leve os mares,"*

Um lindo batelão apareceu ao longe, voando com asa intumescida para a ilha.

Com força e comoção desusadas bateu o coração a D. Carolina, que calou-se para só empregar no batel que vinha atentas vistas, cheias de amor e de esperança. Ah! era o batel suspirado.

Quando o ligeiro barquinho se aproximou suficientemente, a bela Moreninha distinguiu dentro dele Augusto, sentado junto de um respeitável ancião, a quem não pôde conhecer; então, ela vendo que chegavam à praia, fingiu não tê-los sentido e continuou sua balada:

*"Enfim, abica à praia*
*Enfim, salta apressado..."*

419. espádua – ombro.

Augusto, com efeito, saltava nesse momento fora do batel, e depois deu a mão a seu pai, para ajudá-lo a desembarcar; e D. Carolina, que ainda não mostrava dar fé deles, prosseguiu seu canto, até que, quando dizia:

*"Quando há de ele correr*
*Somente pra me ver..."*

Sentiu que Augusto corria para ela. Prazer imenso inundava a alma da menina, para que possa ser descrito; como todos prevêem, a balada foi nessa estrofe interrompida e D. Carolina, aceitando o braço do estudante, desceu do rochedo e foi cumprimentar o pai dele.

Ambos os amantes compreenderam o que queria dizer a palidez de seus semblantes e os vestígios de um padecer de oito dias; guardaram silêncio; não tiveram uma palavra para pronunciar; tiveram só olhares para trocar e suspiros a verter. E para que mais?...

A Sra. D. Ana recebeu com sua costumada afabilidade o pai de Augusto e abraçou a este com ternura. Ao servir-se o almoço, ela lhe perguntou:

– Por que não veio o meu neto?

– Ficou para vir mais tarde, com os nossos dois amigos Leopoldo e Fabrício.

– Então teremos um excelente dia.

– Eu o espero.

Uma hora depois o pai de Augusto e a Sra. D. Ana conferenciavam a sós, e os dois namorados achavam-se defronte um do outro, no vão de uma janela. E eles continuavam no silêncio, mas olhavam-se com fogo.

Augusto parecia querer comunicar alguma coisa bem extraordinária à sua interessante amada, porém sempre estremecia ao entreabrir os lábios.

E D. Carolina, cônscia já de sua fraqueza, e como lembrando-se dos pesares que tinha sofrido, não sabia mais servir-se de seus sorrisos com a malícia do tempo da liberdade e mostrava-se esquecida de seu viver de alegrias e travessuras.

Alguma grande resolução obrigava o moço a estar silencioso, como tremendo pelo êxito dela?...

No fim de muito tempo eles haviam conseguido dizer-se:

– O mar está bem manso.

– O dia está sereno.

Felizmente para eles a Sra. D. Ana os convidou a entrar no gabinete. Augusto para aí se dirigiu tremendo, D. Carolina curiosa. Quando eles se sentaram, o ancião falou:

– Augusto, eu acabo de obter desta respeitável senhora a honra de te julgar digno de pretenderes a mão de sua linda neta, agora resta que alcances o sim da interessante pessoa que amas. Fala.[420]

420. "Augusto, eu acabo de obter desta respeitável senhora a honra de te julgar digno de pretenderes a mão de sua linda neta, agora resta que alcances o sim da interessante pessoa que amas. Fala." – como uma crítica social na obra, temos o casamento, pois, na época, era um ajuste matrimonial, feito pelos pais dos jovens. A união dos filhos ganhava uma conotação de negócio indissolúvel, tratado com apenas com a seriedade dos adultos, consequência clara do amor arrebatador dos jovens.

Tanto D. Carolina como o pobre estudante ficaram cor de nácar; houve bons cinco minutos de silêncio e o pai de Augusto instou[421] para que ele falasse. E o bom do rapaz não fez mais que olhar para a moça, com ternura, abrir a boca e fechá-la de novo, sem dizer palavra.

A Sra. D. Ana tomou então a palavra e disse sorrindo-se:

– Enfim, é necessário que os ajudemos. Carolina, o Sr. Augusto te ama e te quer para sua esposa; tu que dizes?...

Nem palavra.

Foi preciso que se repetisse pela terceira vez a pergunta, para que a menina, sem levantar a cabeça, murmurasse apenas:

– Minha avó... eu não sei.

– Pois creio que ninguém melhor que tu o poderá saber. Desejas que eu responda em teu nome?...

A bela Moreninha pensou um momento... não pôde vencer-se, sorriu-se como se sorria dantes, e erguendo a cabeça, disse:

– Eu rogo que daqui a meia hora se vá receber a minha resposta na gruta do jardim.

– Quererás consultar a fonte? Pois bem, iremos.

D. Carolina saiu com ar meio acanhado e meio maligno. Passados alguns instantes a Sra. D. Ana, como quem estava certa do resultado da meia hora de reflexão, e já por tal podia gracejar com os noivos, disse a Augusto:

– O Sr. não quer refletir também no jardim?

O estudante não esperou segundo conselho e para logo dirigiu-se à gruta. D. Carolina estava sentada no banco de relva, e seu rosto, sem poder ocultar a comoção e o pejo que lhe produziu o objeto de que se tratava, tinha, contudo, retomado o antigo verniz do prazer e malícia. Vendo entrar o moço disse:

– Eu creio que ainda se não passou meia hora.

– Ah! podia eu esperar tanto tempo?...

– Acaso veio perguntar-me alguma coisa?...

– Não, minha senhora, eu só venho ouvir a minha sentença.

– Então... pede-me para sua esposa?...

– A senhora o ouviu há pouco.

– Pois bem, Sr. Augusto, veja como verificou-se o prognóstico que fiz do seu futuro! Não se lembra que aqui mesmo lhe disse "que não longe estava o dia em que o Sr. havia de esquecer sua *mulher*"?

– Mas eu nunca fui casado... murmurou o estudante!...

– Oh! isso é uma recomendação contra a sua constância!...

– E quem tem culpa de tudo, senhora?

– Muito a tempo ainda me lança em rosto a parte que tenho na sua infidelidade e, pois, eu emendarei a mão[422] agora. O senhor há de cumprir a palavra que deu há sete anos!

Augusto recuou dois passos.

421. instou – pedir com insistência, momentos antes de acontecer algo.
422. emendarei a mão – mudar de conduta, corrigir-se.

– O senhor é um moço honrado, continuou a cruel Moreninha, e, portanto, cumprirá a palavra que deu, e só casará com sua desposada[423] antiga.

– Oh!... agora já é impossível!

– Ela deve ser uma bonita moça!... teria razão de queixar-se contra mim, se eu roubasse um coração que lhe pertence... até por direito de antiguidade; ora eu, apesar de ser travessa, não sou má, e, portanto, o senhor só será esposo dessa menina.

– Jamais!

– Juro-lhe que há de sê-lo.

– E quem me poderá obrigar?

– Eu, pedindo.

– A senhora?

– E a honra, mandando.

– Para que, pois, animou o amor que pela senhora sinto?...

– Para satisfazer as minhas vaidades de moça, somente para isso. Eu o ouvi gabar-se de que nenhuma mulher seria capaz de conservá-lo em amoroso enleio[424] por mais de três dias, e desejei vingar a injúria feita ao meu sexo. Trabalhei, confesso que trabalhei por prendê-lo; fiz talvez mais do que devia, só para ter a glória de perguntar-lhe uma vez, como agora o faço: "Então, senhor, quem venceu: o homem ou a mulher?..."

– Foi a beleza.

– Porém já passou o tempo do galanteio, e eu devo lembrar-lhe o dever que com a paixão esquece. Escute: na idade de treze anos o senhor amou uma linda e travessa menina, que contava apenas sete.

– Já a senhora em outra ocasião me disse isso mesmo.

– Junto ao leito de um moribundo jurou que havia de amá-la para sempre.

– Foi um juramento de criança.

– Embora, foi um juramento; trocou com ela aí mesmo prendas de amor, e quando a menina lhe apresentar a que recebeu e lhe pedir a que lhe ofereceu e o senhor aceitou?...

– Ah! senhora!...

– Quando o velho moribundo, dando-lhe o breve de cor branca disse: tomai este breve, cuja cor exprime a candura da alma daquela menina; ele contém o vosso camafeu; se tendes bastante força para ser constante e amar para sempre aquele belo anjo, dai-lho, para que ela o guarde com desvelo. Por que deu o senhor o breve à menina?...

– Porque eu era um louco, uma criança?

– E nem ao menos se lembra de que o velho disse com voz inspirada: "Deus paga sempre a esmola que se dá ao pobre!... lá no futuro vós o sentireis"? não tem o senhor esperança de ver realizar-se essa bela profecia? Não se lembra de ouvi-la? Pois ela soou bem docemente no meu coração quando às escondidas, a escutei repetida nesta gruta por seus lábios.

423. desposada – casar com, ajustar casamento com alguém, tomar alguém como esposa.
424. amoroso enleio – paixão amorosa, estar apaixonado.

– Oh! mas por que Deus não me prendeu a essa menina nos laços indissolúveis, antes que eu visse o lindo anjo desta ilha?

– E como, senhor, posso eu acreditar nos seus protestos de ternura e constância, se já o vejo faltar à fé a uma outra?... Senhor! senhor! o que foi que prometeu há sete anos passados?...

– Então eu não pensava no que fazia.

– E agora pensa no que quer fazer?

– Penso que sou um desgraçado, um louco!... penso que é uma barbaridade inqualificável que, enquanto eu padeço, e sofro mil torturas, deixe a senhora brincar nos seus lábios o sorriso com que costuma encantar para matar. Penso...

– Acabe!

– Penso que devo fugir para sempre desta ilha fatal, deixar aquela cidade detestável, abandonar esta terra de minha Pátria, onde não posso ser outra vez feliz!... penso que a lembrança do meu passado faz a minha desgraça, que o presente me enlouquece e me mata, que o futuro... Oh! já não haverá futuro para mim! Adeus senhora!...

– Então, parte?...

– E para sempre.

D. Carolina deixou cair uma lágrima e falou ainda, mas já com voz fraca e trêmula:

– Sim, deve partir... vá... Talvez encontre aquela a quem jurou amor eterno... Ah! senhor! nunca lhe seja perjuro.

– Se eu encontrasse!...

– Então?... que faria?...

– Atirar-me-ia a seus pés, abraçar-me-ia com eles e lhe diria: "Perdoai-me, perdoai-me, senhora, eu já não posso ser vosso esposo! tomai a prenda que me deste..."

E o infeliz amante arrancou debaixo da camisa um breve, que convulsivamente apertou na mão.

– O breve verde!... exclamou D. Carolina, o breve que contém a esmeralda!...

– Eu lhe diria, continuou Augusto: "recebei este breve que já não devo conservar, porque eu amo outra que não sois vós, que é mais bela e mais cruel do que vós!..."

A cena se estava tornando patética; ambos choravam e só passados alguns instantes a inexplicável Moreninha pôde falar e responder ao triste estudante.

– Oh! pois bem, disse; vá ter com sua desposada, repita-lhe o que acaba de dizer, e se ela ceder, se perdoar, volte que eu serei sua... esposa.

– Sim... eu corro... Mas, meu Deus, onde poderei achar essa moça a quem não tornei a ver, nem poderei conhecer?... onde meu Deus?... onde?...

E tornou a deixar correr o pranto, por um momento suspendido.

– Espere, tornou D. Carolina, escute, senhor. Houve um dia, quando a minha mãe era viva, em que eu também socorri um velho moribundo. Como o senhor e sua camarada, matei a fome de sua família e cobri a nudez de seus filhos; em sinal de reconhecimento também este velho me fez um presente: deu-me uma relíquia milagrosa que, asseverou-me ele, tem o poder uma vez, na vida de quem a possui, de dar o que se deseja; eu cosi essa relíquia dentro de um breve; ainda não lhe pedi coisa alguma, mas trago-a sempre comigo; eu lha cedo... tome o breve, descosa-o, tire a relíquia e à mercê dela encontre sua antiga amada. Obtenha o seu perdão e me terá por esposa.

– Isto tudo me parece um sonho, respondeu Augusto, porém, dê-me, dê-me esse breve!

A menina, com efeito, entregou o breve ao estudante, que começou a descosê-lo precipitadamente. Aquela relíquia, que se dizia milagrosa, era sua última esperança; e, semelhante ao náufrago que no derradeiro extremo se agarra à mais leve tábua, ele se abraçava com ela. Só falta a derradeira[425] capa do breve... ei-la que cede e se descose... salta uma pedra... e Augusto, entusiasmado e como delirante, cai aos pés de D. Carolina, exclamando:

– O meu camafeu!... o meu camafeu!...

A Sra. D. Ana e o pai de Augusto entram nesse instante na gruta e encontrams o feliz e fervoroso amante de joelhos e a dar mil beijos nos pés da linda menina, que também por sua parte chorava de prazer.

– Que loucura é esta? perguntou a senhora D. Ana.

– Achei minha mulher!... bradava Augusto; encontrei minha mulher!... encontrei minha mulher![426]

– Que quer dizer isto, Carolina?...

– Ah! minha boa avó!... respondeu a travessa Moreninha ingenuamente: nós éramos conhecidos antigos.

425. derradeira – por último, o que termina.

426. "A menina, com efeito, entregou o breve ao estudante (...) e Augusto entusiasmado e delirante, cai aos pés de D. Carolina, exclamando: (...) encontrei minha mulher!..." – outro tema da obra é a fidelidade ao amor da infância, note que o enredo nos traz muitas voltas ao passado o que é tipicamente uma característica romântica.

# Epílogo

A chegada de Filipe, Fabrício e Leopoldo veio dar ainda mais viveza ao prazer que reinava na gruta[427]. O projeto de casamento de Augusto e D. Carolina não podia ser um mistério para eles, tendo sido como foi, elaborado por Filipe, de acordo com o pai do noivo, que fizera a proposta, e com o velho amigo, que ainda no dia antecedente viera concluir os ajustes com a Sra. D. Ana; e, portanto, o tempo que se gastaria em explicações passou-se em abraços.

– Muito bem! muito bem! disse por fim Filipe; quem pôs o fogo ao pé da pólvora fui eu, que obriguei Augusto a vir passar o dia de Sant'Ana conosco.

– Então estás arrependido?...

– Não, por certo, apesar de me roubares minha irmã. Finalmente para este tesouro sempre teria de haver um ladrão; ainda bem que foste tu que o ganhaste.

– Mas, meu maninho, ele perdeu ganhando...

– Como?...

– Estamos no dia 20 de agosto:[428] um mês!

– É verdade! um mês! exclamou Filipe.

– Um mês!... gritaram Fabrício e Leopoldo.

– Eu não entendo isto! disse a Sra. D. Ana.

– Minha boa avó, acudiu a noiva, isto quer dizer que finalmente está presa a borboleta.

– Minha boa avó, exclamou Filipe, isto quer dizer que Augusto deve-me um romance.

– Já está pronto, respondeu o noivo.

– Como se intitula?

– *A Moreninha*.

427. "veio dar ainda mais viveza ao prazer que reinava na gruta". – e seguindo os padrões românticos de fuga para a natureza, a história é encerrada ainda em um ambiente com antecedentes de amores, natureza e final feliz, típico de autores do Romantismo.

428. observe que a ação dos personagens e a narrativa ocorre em tempo linear, ou seja, trinta dias, este é o período no qual a aposta foi válida. Ela foi firmada em 20 de julho de 1844, uma segunda-feira, e terminou no dia do pedido de casamento, 20 de agosto do mesmo ano.